Tucholsky Wagner Zola Scott Sydow Freud Schlegel
Turgenev Fonatne
Wallace
Twain Walther von der Vogelweide Fouqué Friedrich II. von Preußen
Weber Freiligrath Frey
Kant Ernst
Fechner Weiße Rose von Fallersleben Frommel
Fichte Richthofen
Hölderlin
Engels Fielding Eichendorff Tacitus Dumas
Fehrs Faber Flaubert
Eliasberg Ebner Eschenbach
Maximilian I. von Habsburg Fock Zweig
Feuerbach Eliot Vergil
Ewald
Goethe Elisabeth von Österreich London
Mendelssohn Balzac Shakespeare Dostojewski Ganghofer
Lichtenberg Rathenau Doyle Gjellerup
Trackl Stevenson
Tolstoi Hambruch
Mommsen Lenz Droste-Hülshoff
Thoma Hanrieder
von Arnim Hägele Hauff Humboldt
Dach Verne
Reuter Rousseau Hagen Hauptmann Gautier
Karrillon Garschin
Defoe Baudelaire
Damaschke Hebbel
Descartes
Hegel Kussmaul Herder
Wolfram von Eschenbach Dickens Schopenhauer
Darwin Rilke George
Bronner Melville Grimm Jerome
Bebel Proust
Campe Horváth Aristoteles
Bismarck Vigny Voltaire Federer Herodot
Barlach
Gengenbach Heine
Storm Casanova Tersteegen Grillparzer Georgy
Chamberlain Lessing Langbein Gilm
Gryphius
Brentano Lafontaine
Strachwitz Claudius Schiller Kralik Iffland Sokrates
Bellamy Schilling
Katharina II. von Rußland Gerstäcker Raabe Gibbon Tschechow
Löns Hesse Hoffmann Gogol Wilde Vulpius
Luther Heym Hofmannsthal Gleim
Klee Hölty Morgenstern
Roth Heyse Klopstock Kleist Goedicke
Luxemburg Puschkin Homer Mörike
La Roche Horaz Musil
Machiavelli Kierkegaard Kraft Kraus
Navarra Aurel Musset
Nestroy Marie de France Lamprecht Kind Kirchhoff Hugo Moltke
Laotse Ipsen Liebknecht
Nietzsche Nansen
Marx Ringelnatz
von Ossietzky Lassalle Gorki Klett Leibniz
May
vom Stein Lawrence Irving
Petalozzi
Platon Knigge
Sachs Pückler Michelangelo Kafka
Poe Kock
Liebermann
de Sade Praetorius Mistral Zetkin Korolenko

Der Verlag tredition aus Hamburg veröffentlicht in der Reihe **TREDITION CLASSICS** Werke aus mehr als zwei Jahrtausenden. Diese waren zu einem Großteil vergriffen oder nur noch antiquarisch erhältlich.

Symbolfigur für **TREDITION CLASSICS** ist Johannes Gutenberg (1400 — 1468), der Erfinder des Buchdrucks mit Metalllettern und der Druckerpresse.

Mit der Buchreihe **TREDITION CLASSICS** verfolgt tredition das Ziel, tausende Klassiker der Weltliteratur verschiedener Sprachen wieder als gedruckte Bücher aufzulegen – und das weltweit!

Die Buchreihe dient zur Bewahrung der Literatur und Förderung der Kultur. Sie trägt so dazu bei, dass viele tausend Werke nicht in Vergessenheit geraten.

# Der Waldsteig

Adalbert Stifter

# Impressum

Autor: Adalbert Stifter
Umschlagkonzept: toepferschumann, Berlin

Verlag: tredition GmbH, Hamburg
ISBN: 978-3-8424-1281-1
Printed in Germany

Rechtlicher Hinweis:
Alle Werke sind nach unserem besten Wissen gemeinfrei und
unterliegen damit nicht mehr dem Urheberrecht.

Ziel der TREDITION CLASSICS ist es, tausende deutsch- und
fremdsprachige Klassiker wieder in Buchform verfügbar zu
machen. Die Werke wurden eingescannt und digitalisiert. Dadurch
können etwaige Fehler nicht komplett ausgeschlossen werden.
Unsere Kooperationspartner und wir von tredition versuchen, die
Werke bestmöglich zu bearbeiten. Sollten Sie trotzdem einen Fehler
finden, bitten wir diesen zu entschuldigen. Die Rechtschreibung der
Originalausgabe wurde unverändert übernommen. Daher können
sich hinsichtlich der Schreibweise Widersprüche zu der heutigen
Rechtschreibung ergeben.

## Adalbert Stifter

# Der Waldsteig

### 1844

Ich habe einen Freund, der, obwohl er noch am Leben ist, und bei uns von lebenden Leuten nicht leicht Geschichten erzählt zu werden pflegen, mir doch erlaubt hat, eine Begebenheit, die sich mit ihm zugetragen hat, zum Nuzen und zum Frommen aller derer zu erzählen, die große Narren sind; vielleicht schöpfen sie einen ähnlichen Vortheil daraus, wie er.

Mein Freund, den wir Tiburius Kneigt hießen, hat jezt das niedlichste Landhaus, das man sich in unserem Welttheile zu denken vermag, er hat die vortrefflichsten Blumen und Obstbäume um das Haus herum, er hat ein schöneres Weib, als je auf der Erde gewesen sein kann, er lebt Jahr aus Jahr ein mit diesem Weibe auf seinem Landhause, er trägt heitere Mienen, alle Menschen lieben ihn, und er ist jezt wieder sechs und zwanzig Jahre alt, da er doch noch vor Kurzem über vierzig gewesen ist.

Das alles ist mein Freund durch nichts Mehreres und nichts Minderes geworden, als durch einen einfachen Waldsteig; denn Herr Tiburius war früher ein sehr großer Narr, und kein Mensch, der ihn damals gekannt hat, hätte geglaubt, daß es mit ihm einmal diesen Ausgang nehmen würde.

Die Geschichte ist eigentlich recht einfältig, und ich erzähle sie blos, damit ich manchem verwirrten Menschen nüzlich bin, und daß man eine Anwendung daraus ziehe. Mancher, der in unserm Vaterlande und in unsern Gebirgen bewandert ist, wird auch, wenn er überhaupt diese Zeilen liest, den Waldsteig sogleich erkennen, und wird sich mancher Gefühle erinnern, die ihm der Steig eingeflößt hat, wenn er auf ihm wandelte, obgleich niemand durch denselben so gründlich umgeändert worden sein mag, als Herr Tiburius Kneigt.

Ich habe gesagt, daß mein Freund ein sehr großer Narr gewesen sei. Dies ist er aus mehreren Ursachen geworden.

Erstlich ist sein Vater schon ein großer Narr gewesen. Die Leute erzählten verschiedene Sachen von diesem Vater; ich will aber nur Einiges anführen, was ich verbürgen kann, da ich es selbst gesehen habe. Ganz im Anfange hatte er viele Pferde, die er alle selber verpflegen, abrichten und zureiten wollte. Als sie insgesammt mißlangen, jagte er den Stallmeister fort, und weil sie sich durchaus von den Regeln und Einübungen, die er ihnen beibrachte, nichts merken konnten, verkaufte er sie um ein Zehntel des Preises. Später wohnte er einmal ein ganzes Jahr in seinem Schlafzimmer, in welchem er stets die Fenstervorhänge herabgelassen hielt, damit sich in der Dämmerung seine schwachen Augen erholen könnten. Auf die Vorstellungen derer, die sagten, daß er immer gute Augen gehabt habe, bewies er, wie sehr sie im Irrthume seien. Er that das Schubfach, welches er in dem hölzernen finsteren an sein Zimmer stoßenden Gange hatte, auf, und sah eine Weile auf den von der Sonne beleuchteten Kiesweg des Gartens hinaus, worauf er sogleich mit Gewissenhaftigkeit versichern konnte, daß ihm die Augen schmerzten. Der Schnee war gar erst ganz unerträglich. Weitere Einreden nahm er nicht mehr an. In der lezteren Zeit dieser Vorgänge that er in dem dämmernden Zimmer noch eine Blendkappe auf das Haupt. Da das Jahr herum war, fing er gemach an, die Aerzte zu tadeln, welche Schonung der Augen anrathen, und überhaupt alle Arzneiwissenschaft und deren Ausübung zu verwerfen. Zulezt sagte er sich vor, die Aerzte hätten ihn zu dem ganzen Verfahren gebracht, er häufte Schimpf und Schande auf das Gewerbe, und that die Prophezeiung, daß er sich nun selber behandeln werde. Er zog die Fenstervorhänge empor, machte alle Fenster auf, ließ den hölzernen Gang wegreißen – und wenn die Sonne ganz besonders heiß und strahlenreich schien, so saß er ohne Hut mitten in dem Lichtregen im Garten und schaute auf die weiße Mauer des Hauses. Er bekam hiedurch eine Augenentzündung, und als diese vorüber war, wurde er gesund. – Von weiteren Dingen führe ich nur noch an, daß er, als er sich mehrere Jahre sehr eifrig und sehr erfolgreich mit dem Schafwollhandel beschäftigt hatte, plözlich dieses Geschäft wieder aufgab. Er hatte dann eine sehr große Anzahl Tauben, durch deren Vermischung er besondere Farbenzeichnungen zu erzielen strebte, und dann wollte er eine Sammlung aller möglichen Cactusarten anlegen.

Ich erzähle diese Sachen, um die Geschlechtsabstammung des Herrn Tiburius fest zu stellen.

Zum Zweiten war die Mutter. Sie liebte den Knaben außerordentlich. Sie hielt ihn warm, daß er sich nicht verkühle, und ihr durch eine plözlich hereinbrechende Krankheit entrissen werde. Er hatte sehr schöne gestrikte Unterleibchen, Strümpfchen und Aermlein, die alle außer dem Nuzen noch manches sehr schöne rothe Streifchen hatten. Eine Strikerin war das ganze Jahr für das Kind beschäftigt. Im Bettchen waren feine Lederunterlagen und Lederpolster und gegen die Zugluft der Fenster stand eine spanische Wand. Für die Gehörigkeit der Speisen sorgte die Mutter schon selber und ließ sie durch keine Dienstleute bestellen. Als er größer war und herum gehen konnte, wählte sie nach bester Einsicht die Kleider. Zur Beschäftigung seiner Einbildungskraft, und daß sie ja nicht durch unliebliche Vorstellungen gepeinigt werde, brachte sie ihm allerlei Spielzeug nach Hause und trachtete dahin, daß das folgende immer das vorhergegangene an Glanz und Schönheit übertreffe. Allein hierin erlebte sie eine Verkehrtheit an dem Knaben, die sie sich ganz und gar nicht denken konnte; denn er legte alle die Dinge, nach kurzer Beschauung und einigem Spielen damit, wieder hin, und da er durch eine Seltsamkeit, die niemand begriff, immer lieber Mädchen- als Knabenspiele trieb, so nahm er alle Male den Stiefelknecht seines Vaters, wikelte ihn in saubere Windel ein, und trug ihn herum und herzte ihn.

Drittens war der Hofmeister. Er bekam nehmlich einen solchen. Derselbe war ein sehr ordentlicher Mann, und wollte, daß alles in Gehörigkeit geschehe, ob nun die Ungehörigkeit einen Schaden bringe, oder nicht. Gehörigkeit an sich ist Zwek. Daher litt er nicht, daß der Knabe etwas weitschichtig erklärte, oder in abschweifenden Bildern vortrug; denn er, der Hofmeister, war in dem Stüke der Meinung, daß jedes Ding mit denjenigen Worten zu sagen sei, die ihm einzig noththäten, mit keinem mehr, mit keinem minder – am allerwenigsten, daß man Nebenumstände bringe und das nakte

Ding in Windel wikle. Da nun der Knabe nicht reden durfte, wie Kinder und Dichter, so redete er fast, wie ein Recept, das kurz, kraus und bunt ist, und das niemand versteht. – Oder er schwieg und dachte sich innerlich allerlei zusammen, das niemand wissen konnte, eben weil er es niemanden sagte. Er haßte alle Wissenschaft und alles Lernen, und konnte nur dazu gebracht werden, wenn der Hofmeister einen langen und bündigen Beweis über den Nuzen und die Vortrefflichkeit der Wissenschaften herbei führte, der den Knaben quälte. Wenn dieser dann nach fleißigen Tagen alles auf einmal hersagen wollte, wurden Dämme und Verschläge aufgebaut, und nur der dünne Wasserfaden der Hauptsache heraus gelassen. Da der Hofmeister wegen seiner Tacitus'schen Forderung kein Weib bekommen hatte, so blieb er recht lange in dem Hause.

Zum Vierten und Lezten war der Oheim. Derselbe war ein reicher, unverheiratheter Kaufmann in der Stadt; denn Vater und Mutter des Knaben lebten außerhalb derselben auf einem Gute. Obwohl nun die Eltern des Knaben selber reich genug waren, so war doch noch die Erbschaft des Oheims für denselben zu erwarten, und der Hagestolz hatte dies selber oft genug durch seine ausdrüklichen Erklärungen bestätigt. Er nahm sich daher die Befugniß heraus, mit an dem Knaben zu erziehen. Er schrie ihm Praktisches zu, und erklärte ihm deutlich, wenn er zu seiner Schwester auf das Landgut herauskam, wie man es bei dem Baumklettern, was aber der Knabe nie that, machen müsse, daß man die wenigsten Hosen zerreiße.

Ehe ich in der Geschichte weiter gehe, muß ich auch sagen, daß mein Freund unglüklicher Weise gar nicht Tiburius hieß. Er hatte den Vornamen Theodor; aber er mochte, als er herangewachsen war, noch so groß unter seine schriftlichen Aufgaben sezen: »Theodor Kneigt,« er mochte, als er später gar reiste, in die Fremdenbücher schreiben: »Theodor Kneigt,« es mochte auf allen Briefen, die an ihn kamen, stehen: »An den hochwohlgebornen Herrn Theodor Kneigt,« – es half alles nichts; jedermann nannte ihn in der Rede nur »Tiburius« und die meisten Fremden, die sich in der Stadt aufhielten, meinten nach und nach, das schöne Landhaus, das an der Nordstrasse liege, gehöre dem Vater des Herrn Tiburius Kneigt. Der Name klingt so wirblicht und steht in keinem Kalender. Die Sache kam aber so: weil der Knabe öfter so sinnend und grübelnd war, so geschah es, daß er in der Zerstreuung Dinge that, die lächerlich waren. Wenn er nun, um etwas von dem hohen Kleiderkasten herab zu holen, seine Kindertrommel als Schemel hinstellte – wenn er sich zum Spazierengehen seine Kappe ausbürstete, und dann die Kappe niederlegte und mit der Bürste fort ging – wenn er bei gräulichem Wetter sich beim Fortgehen noch vorher die Schuhe auf der vor der Thür liegenden Matte sauber abwischte – oder wenn er mitten im Salatbeete saß und zu Kazen und Käfern sprach: pflegte gerne der Oheim zu rufen: »Oho! Herr Theodor, Herr Turbulor, Herr Tiburius, Tiburius, Tiburius!« Und da dieser Name als der leichteste auch von andern nachgesagt wurde, kam er in der Familie auf, trug sich dann unversehens in die Nachbarschaft, und kroch von da, weil der Knabe ein reicher Erbe war, auf den alles schaute, wie Schlingkraut in das Land, und schlug endlich seine Wurzelhaken in der entferntesten Waldhütte fest. So entstand der Name Tiburius, und wie es zu geschehen pflegt, daß, wenn einer einen ungewöhnlichen oder gar lächerlichen Vornamen hat, ihn keine Seele mehr bei seinem Familiennamen nennt, sondern eben nur bei seinem lächerlichen Vornamen, so geschah es auch hier: alle Welt sagte Herr Tiburius, und die meisten meinten, er heiße gar nicht anders. Es wäre nicht auszurotten gewesen, wenn man den wahren Namen auf alle Gränzpfähle des Landes geschrieben hätte.

Unter dem Einfluße seiner Erzieher wuchs Tiburius heran. Man konnte nicht sagen, wie er wurde: weil er sich nicht zeigte, und weil unter dem Erziehungslärm nur die Erzieher zu vernehmen waren, nicht das, was an dem Knaben davon haften blieb.

Als er beinahe zum Manne geworden war, fielen nach und nach in kurzer Zeit alle Erzieher hinweg. Zuerst starb der Vater, dann sehr schnell darauf die Mutter, der Hofmeister war in ein Kloster gegangen, und der lezte, den er verlor, war der Oheim gewesen. Er hatte von dem Vater das Familienvermögen geerbt, von der Mutter die einst bei ihrer Vermählung beigebrachte Mitgabe, und von dem Oheime das, was seit dreißig Jahren in dessen Handelschaft gearbeitet hatte. Der Oheim war kurz vor seinem Tode in den Ruhestand getreten, er hatte sein Geschäft in Geld verwandelt, und wollte sodann von den Renten desselben leben. Allein er war nicht mehr im Stande, sie zu genießen, sondern er starb und die Sache fiel an Tiburius. Herr Tiburius war also durch diese Umstände ein sehr reicher Mann, und zwar vorzüglich im Gelde, dessen Früchte zur Einsammlung die wenigste Mühe machen, nur daß man die Verfallszeit ruhig abwarte, dann darum hinschike, und sie hierauf verzehre. Was er von dem Vater erhalten hatte, bestand freilich zum Theile in dem Gute, das er eben bewohnte, aber in demselben lebte schon seit unvordenklichen Zeiten ein Altknecht, der das Gut verwaltete, und von demselben meistens sehr reichliche Zinsen ablieferte. So blieb es auch bei Herrn Tiburius. Derselbe hatte also wenigstens in dem Augenblike, da er das einzige Glied der Familie geworden war, nichts zu thun, als seine bedeutend großen Einkünfte zu verzehren. Er war von allen denjenigen, die bisher bei ihm gewesen waren, verlassen, und war recht hülflos.

Da die Umstände in der weiten Nachbarschaft bekannt geworden waren, gab es sehr viele Mädchen, welche den Herrn Tiburius geheirathet hätten, er erfuhr es auch immer, aber er fürchtete sich, und that es durchaus nicht. Er fing im Gegentheile an, für sich seinen Reichthum zu genießen. Er schaffte vorerst sehr viele Geräthe an, und sah auch darauf, daß sie schön seien. Hiebei wurden auch schöne Kleider, an Linnen und Tuch, dann Vorhänge, Teppiche, Matten und alles ins Haus gebracht. Auch war endlich jedes, was als gut zu essen oder zu trinken gepriesen ward, im Vorrathe und reichlich vorhanden. So lebte Herr Tiburius unter allen diesen Dingen eine Weile fort.

Nach Verfluß dieser Weile fing er an, die Geige spielen zu lernen, und da er einmal angefangen hatte, geigte er gleich immer den ganzen Tag, nur sah er darauf, daß die Dinge, die er spielte, nicht zu schwierig seien, weil er dann nicht unbeirrt fort geigen konnte.

Als er die Geige zu spielen wieder aufgehört hatte, malte er in Öhl. In der Wohnung, die er sich auf dem Landgute eingerichtet hatte, hingen die Bilder, die er verfertigt hatte, herum, und er hatte sich sehr schöne Goldrahmen dazu machen lassen. Es waren später manche nicht mehr fertig geworden, und die Farben trokneten auf den vielen Palleten ein.

Es geschahen indessen auch andere Dinge und es wurden viele Sachen herbei geschafft.

Herr Tiburius las in den Zeitungen sehr begierig die Bücherverzeichnisse, ließ dann Ballen kommen, und schnitt viele Stunden die Bücher auf. Zum Lesen hatte er sich ein feines breites ledernes Ruhebett machen lassen, auf dem er liegen konnte, oder er hatte auch einen Ohrsessel hiezu, oder er konnte an dem Stehpulte stehen, das so eingerichtet war, daß man es höher und niedriger schrauben konnte, damit er sich, wenn er genug gestanden war, auch davor niedersezen könnte. Er hatte eine Sammlung berühmter Männer angelegt, deren Köpfe in lauter gleiche schwarze Rahmen gethan, das ganze Gebäude schmüken sollten. Auch eine Pfeifensammlung hatte er, die später in schöne Schreine gethan werden sollte, jezt aber noch auf den Tischen lag. Beschläge, Röhre, Kettchen, Zündmaschinen, Tabakgefäße und Cigarrenfächer waren sehr kostbar gearbeitet. Er hatte eine sehr schöne Dogge aus England kommen lassen, die auf einem eigens hiezu verfertigten Lederpolster im Zimmer des Bedienten lag. Auch hatte er vier Pferde blos zu seinem ausschließlichen Gebrauche, falls er manchmal ausführe; darunter waren zwei Grauschimmel, die wirklich ausgezeichnete Thiere waren. Der Kutscher liebte sie außerordentlich und pflegte sie sehr gut. Zur Unruhe mehrten sich viele Dinge. Der neue Schlafsessel konnte nirgends gestellt werden, weil die alten noch die Pläze einnahmen, und die neuen Kästen, die er sehr fein gearbeitet, bestellt hatte, konnten, da sie ankamen, nicht aus ihren Kisten gepakt werden, weil man noch keinen Ort auszumitteln im Stande war, auf den sie zu stehen kommen sollten. Herr Tiburius hatte es auf zwölf Schlafröke gebracht, und der Uhrschlüssel waren unzählige geworden; deßgleichen, wenn er jeden Tag des Jahres einen andern Stok hätte nehmen wollen, falls er aus ging, hätte ihm einer gedient. Manchmal an einem schönen Sommerabende, wenn er durch das Glas seiner wohlverschlossenen Fenster in den Hof hinab schaute, und die Knechte mit einer Fuhr Heu oder mit einem Garbenwagen herein kommen sah, konnte er sich recht ärgern, wie denn dieser Schlag Menschen in seiner leichtsinnigen rohen Lustigkeit in den Tag hinein lebe, sich um nichts bekümmere, und unter dem Thorwege die Heugabeln und Hemdärmel schüttle.

Endlich mußte er sichs eingestehen, daß er krank sei. Es waren sonderbare Sachen vorhanden. Wenn man auch von dem Zittern der Glieder, dem Schwanken der Augen und der Schlaflosigkeit nicht reden wollte, so war etwas anderes Außerordentliches da. Wenn er nehmlich in der Abenddämmerung von einem Spaziergange nach Hause kam, traf es jedes Mal unabweislich und ohne Ausnahme ein, daß ein seltsamer Schatten wie ein Käzchen neben ihm über die Stiege hinauf ging. Nur über die Stiege, sonst nirgends. Dies griff seine Nerven ungemein an. Er hatte genug gelesen, er hatte Bücher, in denen die alte und neue Weisheit stand; aber was zwei leibliche Augen sehen, das muß doch in Wahrhaftigkeit da sein. Und je unglaublicher den Menschen, die um ihn waren, der Gedanke vorkam, desto ernster und ruhevoller behauptete er ihnen die Sache in das Angesicht, und lächelte über sie, wenn sie sie nicht begriffen. Er ging deßhalb am Abende nie mehr nach Hause, sondern immer früher.

Nach einiger Zeit ging er überhaupt nicht mehr aus dem Hause, und schritt in dem Zimmer und in den Gängen mit den gelbledernen herabgetretenen Pantoffeln herum. In jene Zeit fiel es auch, daß er einen Band Gedichte, die er noch bei Lebzeiten seiner Eltern gemacht und sauber abgeschrieben hatte, behutsam in ein geheimes Fußbodenfach unter seinem Bette verbarg, daß ihm niemand darüber komme. Auf seine Leute wurde er stets aufmerksamer, daß jeder seiner Befehle auf das Strengste vollführt würde, und er heftete dabei, so lange sie um ihn waren, immer seine Augen auf sie.

Endlich ging er nicht nur nicht mehr aus dem Hause, sondern gar nicht mehr aus seinem Wohnzimmer. Er ließ einen großen Stehspiegel in dasselbe tragen, und betrachtete seine Gestalt. Nur des Nachts ging er in sein Schlafzimmer, das daneben war, und legte sich ins Bett. Wenn noch gelegentlich ein Besuch aus der Ferne oder aus der Stadt kam, wurde er bei dem Verweilen desselben ungeduldig, trieb ihn beinahe fort, und schloß hinter ihm die Thür ab. Er sah wirklich übler aus: er bekam sogar Falten in dem Angesichte, und wenn er so auf und ab ging, hatte er meistens lange Bartstoppeln auf dem Kinne, wirrige Haare auf dem Haupte, und den Schlafrok wie ein Büßerhemd um die Lenden. Nach einer Zeit ließ er Flanelstreifen auf die Fensterfugen nageln und die Thüren verpolstern. Auf das Zureden und Dringen seiner Freunde, deren noch

mehrere zu haben sich Herr Tiburius nicht erwehren konnte, wurde
er nur spöttisch, und gab nicht undeutlich zu verstehen, daß er sie
für dumm halte, und daß es eigentlich am besten wäre, wenn sie
ganz und gar nie mehr bei ihm erschienen. Dieses Leztere geschah
auch endlich, und es kam keiner mehr zu ihm. Der Mann war nun-
mehr einem Thurme zu vergleichen, der sauber abgeweißt und
überall verpuzt wird, so daß ihn die Mauerschwalben und Spechte,
die ihn sonst allseits umflogen hatten, verlassen müssen. Der
Schwarm ist verflogen, und der Thurm steht allein da. Herr Tiburius war über dieses Ereigniß eigentlich freudig, und er rieb sich seit
langer Zeit zum ersten Male die Hände; denn er konnte nun unge-
stört an etwas gehen, was er schon öfter gewollt hatte, wozu er aber
nie gekommen war. Er hatte nehmlich, obwohl seine Krankheit als
erwiesen da stand, noch nie etwas gegen sie gebraucht, weder hatte
er einen Arzt holen lassen, noch hatte er sonst ein Mittel dagegen
angewendet. Jezt beschloß er sich selber zu behandeln. So wie der
Altknecht seit jeher schon die Bewirthschaftung des Gutes führte,
mußte nun der Bediente die Kleiderkammer übernehmen, der
Schaffner erhielt die Geräthe, der Verwalter das Vermögen, und er,
der Herr, hatte kein anderes Geschäft, als sich zu heilen.

Um den Zwek völlig zu erreichen, schaffte er sich sofort alle Bücher an, die über den menschlichen Körper handelten. Er schnitt sie
auf und legte sie in Stössen nach derjenigen Ordnung hin, nach der
er sie lesen wollte. Die ersten waren natürlich die, die über die Be-
schaffenheit und Verrichtungen des gesunden Körpers handelten.
Aus ihnen war nicht viel zu entnehmen, aber

sobald er zu den Krankheiten gekommen war, so war es ganz
deutlich, wie die Züge, die beschrieben wurden, in aller Schärfe auf
ihn paßten, – ja sogar Merkmale, die er früher nicht an sich beobachtet hatte, die er aber jezt aus dem Buche las, fand er ganz klar
und erkennbar an sich ausgeprägt und konnte nicht begreifen, wie
sie ihm früher entschlüpft waren. Alle Schriftsteller, die er las, beschrieben seine Krankheit, wenn sie auch nicht überall den nehmlichen Namen für sie anführten. Sie unterschieden sich nur darin, daß
jeder, den er später las, die Sache noch immer besser und richtiger
traf, als jeder, den er vorher gelesen hatte. Weil die Arbeit, die er
sich vorgestekt hatte, sehr umfangsreich war, so blieb er bedeutend
lange Zeit in dem Geschäfte befangen, und hatte keine andere

Freude, als die, wenn man das überhaupt eine Freude nennen darf, daß er manchmal seinen Zustand so außerordentlich und unglaublich treu angegeben fand, als hätte er ihn dem Manne selber in die Feder gesagt.

Drei Jahre hatte er sich behandelt, und er mußte zuweilen den Plan der Behandlung wechseln, weil er nach und nach zu einer bessern Einsicht gelangte. Endlich war er so schlecht geworden, daß er alle Merkmale aller Krankheiten zu gleicher Zeit an sich hatte. Ich führe nur einige an: er hatte jezt einen kurzen Athem; denn er konnte, wenn er der Vorschrift eines Buches zu Folge doch an einem Sommertage in den Garten ging, nicht weit gehen, ohne müde zu werden und sich zu erhizen – die rechte Schläfe pochte ihm zuweilen, und zuweilen die linke – wenn der Kopf nicht brauste und Müken flogen, so war die Brust gepreßt oder stach die Milz – er hatte die wechselnden Fröste und die ziehenden Füße der Nervenkrankheiten – die plözlichen Wallungen deuteten auf Erweiterung der Blutgefäße – und so war noch Vieles. Er konnte jezt auch nie mehr ordentlich hungrig werden, wie einst so köstlich in seiner Kindheit, obwohl er statt dessen eine falsche Begehrungsempfindlichkeit hatte, die ihn stets reizte, alle Augenblike zu essen.

So weit war es mit Herrn Tiburius gekommen. Manche Menschen hatten Mitleiden mit ihm, und manches Mütterlein sagte sogar voraus, er werde es nicht lange mehr treiben. Aber er trieb es doch noch immer fort. Zulezt redete man gar nicht mehr von ihm, weil er doch nicht sterben konnte; sondern nahm ihn als einen hin, der eben ist, wie er ist; oder man sprach von ihm blos in der Art, wie man von einem spricht, der schon einmal etwas Ungewöhnliches an sich hat, wie zum Beispiele einen schiefen Hals, oder schreklich schielende Augen, oder einen Kropf. Mancher, wenn er an dem Landhause mit den verschlossenen Fenstern vorüber ging, schaute hinauf und dachte, wie er doch das Vermögen da oben, wenn er es hätte, so ganz anders genießen würde, als der verworrene Herr. Die lange Weile und die Ode hatte ihre breite Fahne über das Landhaus des Herrn Tiburius ausgebreitet, im Garten standen die einförmigen Arzneikräuter, die er pflanzen zu lassen angefangen hatte, und ein Schalk behauptete, die Hähne krähten viel trauriger innerhalb der Gemarkungen seines Hofes als anderswo.

Somit wären wir denn so weit gelangt, das Elend des Herrn Tiburius einzusehen – wir gehen nun zu dem freudigern Ereigniß über, wie er wieder aus diesem Abgrunde heraus gekommen, und alles das geworden ist, was wir am Eingange dieser Geschichte so rühmlich von ihm erwähnt haben.

Da war ein Mann in der Gegend, von dem die Leute ebenfalls sagten, daß er ein großer Narr sei. Von diesem Manne ging plözlich das Gerücht, daß er den Herrn Tiburius behandle. Der Mann war allerdings ein Doctor der Heilkunde, aber er heilte nichts, obgleich viele sein schriftliches Befugniß hiezu gesehen hatten; sondern er war eines Tages in die Gegend gekommen, hatte ein schlechtes Bauernhaus, dessen Besizer im Abwirthschaften begriffen war, sammt Garten, Feldern und Wiesen gekauft, baute das Haus um, und trieb Landbau und Obstzucht. Wenn aber doch einer zu ihm kam, der ein Uebel hatte, so gab er ihm keine Arznei, sondern schikte ihn fort, und verschrieb ihm viel Arbeit, ein besseres Essen, als er bisher hatte, und ein angelweites Öffnen aller Fenster seiner Wohnung. Da nun die Leute sahen, daß er mit der Doctorei nur Schalksnarrheit treibe, und statt der Mittel nur lauter natürliche Dinge verordne, kam keiner mehr zu ihm, und sie ließen ihn fahren. Hinter seinem Hause hatte er ein ganzes Feld voll ruthendünner Bäumchen, auf die er sehr achtete, und in einem gläsernen Gebäude standen auch Ruthen mit grünen lederglänzenden Blättern, die niemand kannte. So wie nun ein Narr den Andern anzieht, sagten sie, hätte Herr Tiburius zu dem einzigen Manne Vertrauen, und nehme von ihm Mittel.

Das war aber eigentlich nicht wahr, sondern die Sache verhielt sich so: da Herr Tiburius sich um alles, was Arzneiwissenschaft angeht, sehr bekümmerte, meinten seine Leute ihm einen Gefallen zu thun, wenn sie ihm von dem neuen Doctor erzählten, der das Querleithenhaus gekauft habe und nun dort wirthschafte. Der Zimmerdiener des Herrn Tiburius sprach ein paar Male davon, ohne daß der Herr Tiburius sonderlich darauf achtete; aber wie der Himmel zuweilen ganz wunderliche Wege einschlägt, damit sich das Schiksal eines Menschen erfülle, geschah es auch hier, daß Herr Tiburius in einer Schrift des alten nun bereits schon seit langer Zeit seligen Haller auf eine Stelle gerieth, die offenbar einen Widerspruch in sich enthielt, das heißt, in so ferne offenbar, als man ein Arzneigelehrter ist – für einen andern war die Rede weder so noch so verständlich – in so ferne aber doch wieder nicht ganz offenbar, als es zweifelhaft war, ob man ein Arzneigelehrter sei, oder nicht. In diesen Zweifeln, die den Herrn Tiburius quälten, fiel ihm wieder wunderbarer Weise der neuangekommene Doctor ein, obwohl sein Diener schon lange nicht mehr von ihm gesprochen hatte. Hier müssen wir aber der geschichtlichen Wahrheit die Ehre geben und bekennen, daß der Mann dem Herrn Tiburius gerade darum eingefallen ist, weil er von den Leuten ein Narr genannt wurde; denn Herr Tiburius hatte ganz eigene Ansichten von der Narrheit, und der Mann wurde ihm darum merkwürdig. Allein wenn Leute, wie Herr Tiburius, auf etwas denken, so bleibt es gewöhnlich bei dem Gedanken. Bei Herrn Tiburius mußte es auch eine Weile so geblieben sein, bis er einmal plözlich befahl, daß man den geschlossenen Wagen anspannen solle, er werde zu dem Doctor im Querleithenhause hinüber fahren. Seine Leute staunten, wie er sich bei seiner schweren Krankheit in die Luft und in das Wagenrütteln hinaus wagen könnte, da er doch reich genug war, um sich diesen Doctor und noch zehn andere in das Haus kommen zu lassen. Allein Herr Tiburius sezte sich in den Wagen und fuhr in die Querleithen hinüber.

Er fand den Doctor in Hemdärmeln und einen breiten gelben Strohhut auf dem Haupte im Garten, wo er heftig arbeitete. Der Doctor war ein nicht gar großer Mann, mit lauter grober ungebleichter luftiger Leinwand bekleidet. Er sezte ein wenig von seiner Arbeit aus, als er den Wagen an seinen Garten heran fahren sah, und blikte mit dunkeln feurigen Augen darnach hin. Herr Tiburius, gegen die Luft mit einem sehr diken Anzuge verwahrt, stieg aus dem Wagen und ging auf den erwartenden Mann zu. Er sagte, da er vor ihm in dem Gartengange stand, er sei sein Nachbar Theodor Kneigt, er gebe sich viel mit Wissenschaften ab, insbesondere mit der Arzneikunde. Vor mehreren Wochen sei er im Haller auf eine Stelle gerathen, welcher er mit seinen Kräften allein nicht völlig Herr werden könne, darum sei er zu ihm, den der Ruf als einen in diesen Dingen kundigen Mann verkünde, herüber gefahren, und bitte ihn, daß er mit Aufopferung einiger Minuten seiner Zeit ihm mit einem Rathe in der Sache beispringen möge.

Auf diese Anrede erwiederte der kleine Doctor, er lese veraltete Schriften, wie den Haller, gar nicht, er doctere jezt auch ganz und gar nicht mehr, er wisse auch nur in ganz wenigen Fällen zuverlässige Mittel anzugeben, und er wende die Kunde, die er über Dinge des menschlichen Körpers habe, blos dazu an, daß er sich selber ein Leben verschreibe, welches seinem Körper das bei Weitem nüzlichste und heilbringendste sei. Deßhalb habe er die Hauptstadt verlassen und sei so weit auf das Land heraus gegangen, daß er hier das gesündeste Leben führe und das höchste Alter erreiche, welches überhaupt der Zusammenstimmung der Elemente seines Körpers möglich sei. Wenn übrigens der Herr Nachbar den Haller bei sich habe, so könnte man ja die Stelle ansehen und einen Versuch wagen, was aus ihr heraus zu bringen sei, was nicht.

Herr Tiburius ging auf diese Rede zu seinem Wagen, zog den Haller aus der Tasche desselben, und kam mit ihm wieder zu dem kleinen Doctor zurük. Dieser führte seinen Herrn Nachbar in ein Gartenhaus, dort blieben die Männer einige Zeit, und als sie wieder daraus hervor gingen, hatte Herr Tiburius die Genugthuung, daß der fremde Doctor über die Stelle im Haller das nehmliche dachte und sagte, wie er. Der Doctor sagte, nachdem das eigentliche Geschäft abgethan war, zu Herrn Tiburius, er habe zwar ein junges sehr schönes Weib, es sei auch gewöhnlich Sitte, daß man einen Gast und Nachbar, der den ersten Besuch mache, zu der Frau des Hauses führe; allein er wisse nicht, ob der Herr Nachbar seinem Weibe nicht widerwärtig sein könnte; denn es ist unter seinen Grundsäzen auch der obenan, daß seine Gattin, so wie er, in allen nicht zur Ehe gehörigen Dingen die völligste Freiheit zu handeln haben müsse; darum werde er sein Weib fragen, und wenn der Herr Nachbar wieder einmal komme, werde er ihm sagen können, ob er ihn zu ihr führen werde, oder nicht.

Hierauf erwiederte Herr Tiburius, er sei wegen des Hallers herüber gekommen, das sei abgethan und es sei gut.

Deßohngeachtet zeigte ihm der Doctor noch flüchtig seine Anlagen, wo er die Camellienhäuser habe, wo er seine Rhododendern, seine Azalien, Verbenen, Eriken und andere ziehe, und wo er die Erden mische und brenne. Von dem Obste und andern Dingen sei noch nicht viel zu sehen.

Sodann stieg Herr Tiburius in seinen Wagen und fuhr davon. Der Doctor hatte eine hölzerne Vorrichtung, die mit Klöppeln sehr laut klapperte, um seine Leute, die in verschiedenen Geschäften zerstreut waren, zum Essen oder zur Arbeit oder zu einer Ankündigung zusammen rufen zu können. Als Herr Tiburius den Abhang der Querleithen hinab fuhr, hörte er schon wieder das Klappern dieser Vorrichtung, was andeutete, daß der fremde Doctor mit seinen Leuten schon wieder in einem Verkehre befindlich sei.

Zu diesem Manne kam Herr Tiburius nach einiger Zeit wieder, und dann öfter und so immer fort; war es nun, daß er, wie es bei derlei Leuten ist, einmal im Geleise war, und daher in demselben fort ging, oder wollte er von dem Doctor etwas lernen. Da standen nun die zwei Männer, welche von den Menschen Narren geheißen wurden, manchmal in dem Garten beisammen; der eine in einem Strohhute und in einem grobleinenen Anzuge, daß ihm der Wind bei den Oeffnungen hinein ging und durch alle Glieder strich: der andere mit einer Filzkappe auf dem Haupte, die er bis über die Ohren herab zog, mit einem langen Roke, der fast die Erde kehrte, über die andern Kleider zusammen geknöpft war, und oben unter dem Kragen noch ein großes zusammengebauschtes Tuch sehen ließ, daß der Hals warm sei, und endlich mit großen weiten Stiefeln, in denen er doppelte Strümpfe an hatte, daß sich die Füsse nicht erkälten. Bei diesen Besuchen sagte der Doctor nichts mehr davon, daß er den Herrn Tiburius zu seinem Weibe hinein führen werde, und dieser verlangte es auch niemals.

Weil also Herr Tiburius zu keinem Menschen kam, als zu dem Doctor, und weil er überhaupt nicht aus seinem Zimmer ging, als wenn er zu dem Doctor fuhr, so war es natürlich, daß die Leute glaubten, er werde von dem närrischen Doctor ärztlich behandelt, und beide hätten Mittel ausgesonnen, die sehr merkwürdig seien und geheim gehalten würden, weßhalb sie immer zu einander kämen und die Köpfe zusammen stekten.

Dies war, wie wir wissen, allerdings nicht so: aber wie der Scharfsinn des Volkes immer in den ungegründeten Gerüchten, die in ihm empor tauchen, einige Kernchen Wahrheit und Veranlassung hat, so war es auch hier; denn von diesem Doctor ging wenigstens der erste Anstoß aus, der dann fortwirkte, und in Folge dessen sich Herr Tiburius ganz und gar verwandelte, wie die Raupe des Tagpfauenauges, die auch, nachdem sie auf dem Nesselkraute einförmig gelebt, sich dann gar aufgehängt hatte und eingeschrumpft war, eines Tages plözlich aufspringt, den garstigen schwarzen mit Dornen besezten Balg zurükstreift und die Hörner und Höker der schönen Puppe zeigt, in der gar schon die künftigen farbigen schimmernden und glänzenden Flügel eingewikelt liegen. Herr Tiburius fragte nehmlich den Doctor eines Tages plözlich um das, was er gewiß schon so lange auf dem Herzen getragen haben mußte; er sagte: »Wenn Sie mein hochverehrtester Herr Doctor, wie Sie ja selber gerade heute vor fünf Wochen zu mir gesagt haben, in ganz wenigen Fällen zuverlässige Mittel wissen, so wüßten Sie etwa zufällig auch eins in dem meinigen?«

»Allerdings, mein verehrter Herr Tiburius,« antwortete der Doctor.

»Nun also – um Gottes willen – so reden Sie.«

»Sie müssen heirathen, aber zuvor müssen Sie in ein Bad gehen, wo Sie sogar ihr Weib finden werden.«

Das war für Herrn Tiburius zu viel!!

Er kniff seine Lippen zusammen und fragte mit ungläubigem spöttischem Lächeln: »Und in welches Bad soll ich denn gehen?«

»Das ist in Ihrem Falle schier einerlei,« antwortete der Doctor, »nur irgend ein Gebirgsbad dürfte am vorzüglichsten sein, etwa das in unserm Oberlande, wohin jezt so viele Menschen ziehen. Oheime, Tanten, Väter, Mütter, Großmütter, Großväter sind mit sehr schönen Mädchen dort, und darunter wird auch die sein, welche Ihnen bestimmt ist.«

»Und also endlich, weil Sie die Mittel so gut angeben, welches ist denn mein Fall?«

»Das sage ich nicht,« erwiederte der Doctor, »denn wenn Sie ihn einmal wissen, dann hilft kein Mittel mehr, weil Sie keins nehmen – oder Sie bedürfen keins mehr, weil Sie bereits gesund sind.«

Herr Tiburius fragte um nichts weiter, er sagte auf diese Unterredung kein Wort mehr, sondern er ging allmählich zu seinem Wagen und fuhr davon.

»Der verrükte Doctor hat Recht,« sagte er zu sich in dem Wagen, »nicht in Beziehung des Heirathens hat er Recht, das ist eine Narrheit – – aber ein Bad – ein Bad! – das ist das einzige, auf das ich noch nicht verfallen bin – es ist unbegreiflich, wie ich denn nicht darauf denken konnte. Ich werde mir gleich alle Bücher zu Rathe ziehen, die von Bädern handeln, und auszumitteln suchen, welches Bad unseres Welttheiles für meine Zustände in Anbetracht kommen könnte.«

Und auf dem ganzen Wege brütete er an dem Gedanken fort.

Der Doctor hatte den Herrn Tiburius bedeutend aufgerührt. Auch an das Heirathen mußte er ein wenig gedacht haben; denn er schnitt sich mit einer Scheere den Bart, den er sich in dem ganzen Angesichte hatte wachsen lassen, bis auf eine gewisse Kürze weg, rasirte ihn dann über und über sehr fein ab, und stellte sich vor den Spiegel und betrachtete sich.

»Nein, nein,« sagte er, »das ist nichts, das hat ganz und gar keinen Sinn, und das kann nicht sein.«

Deßohngeachtet schikte er noch an diesem Abende um ein sehr gutes Zahnpulver in die Stadt; denn er hatte vor dem Spiegel bemerkt, daß er seine Zähne bisher in hohem Maße vernachlässigt habe.

In Bezug auf das Bad fing er am Morgen des nächsten Tages an, sehr ernsthaft die nothwendigen Anstalten zu treffen. Er schrieb in die Stadt um alle Bücher, welche von Bädern handeln, um zuerst aus ihnen zu entnehmen, wohin er gehen solle, dann wolle er erst das Weitere anordnen. Allein der Gedanke des Bades hatte ihn so ergriffen, daß er nicht seinen bisherigen gewöhnlichen Weg, nehmlich erst alle möglichen Bücher zu lesen, einschlug, was übrigens auch zur Folge gehabt hätte, daß er in diesem Sommer in gar kein Bad mehr gekommen wäre; sondern er entschied sich in der That sofort für das Bad, welches der Doctor vorgeschlagen hatte. Das erste, was er nun that, war, daß er befahl, daß sein Reisewagen in reisefertigen Stand gesezt werde. Seine Leute erschraken über diesen Befehl, leisteten ihm aber Folge. Er hatte in seinem ganzen Leben keinen Reisewagen gebraucht, da er nie weiter von seinem Gute gekommen war, als in die Stadt. Daher glaubten seine Hausgenossen, daß er erst jezt vollends närrisch geworden sei, oder sich im Beginne der Besserung befinde. Sie zogen den Reisewagen aus seinem Behältniß, in welchem er, seit ihn Herr Tiburius hatte machen lassen, gestanden war, auf den Hof hervor, und untersuchten, ob er an allen Stellen gut sei, und versahen ihn dann mit allen Sachen, welche ein solcher Reisender wie Herr Tiburius war, auf seinem Wege brauchen könnte. Hierauf schikte er um alle Bücher, welche über dieses einzelne Bad vorhanden wären, daß er sie mitnähme und dort lese. Dann schrieb er selber auf einen Bogen Papier die Sachen auf, welche seine Diener mit nehmen mußten, worunter auch seine Grauschimmel und sein Spazierwagen waren, die vorausgehen mußten, daß er sie dort gleich habe. Endlich mußte noch sogleich an den nöthigen Kleidern, Sizkissen und andern Geräthen gearbeitet werden. Er machte diese Sachen mit ziemlichem Geschike.

Zu dem Doctor, zu dem er noch zweimal während der Zeit gekommen war, sagte er kein Wörtlein; derselbe schien auch auf die Unterredung über das Bad völlig vergessen zu haben.

Nachdem so eine Weile vergangen war, kamen eines Tages vier Postpferde auf das Gut des Herrn Tiburius und zogen den Herrn in seinem Reisewagen zur Verwunderung aller Menschen in die Fremde fort.

Ich darf mich nicht darauf einlassen, seine Reise zu beschreiben, da sie mit dem Zweke dieser Zeilen nicht gar innig zusammen hängt: aber das muß ich doch sagen, daß es dem Herrn Tiburius vorkam, als fahre er schon viele, viele Meilen, als sei er schon in der fernsten Entfernung, da er bereits einen Tag fuhr, da er den zweiten fuhr, und da endlich gar der dritte gekommen war.

Am Nachmittage dieses dritten Tages, da eine unbeschreiblich große Sommerhize herrschte, fuhr er in einem langen schmalen Gebirgsthale einem schönen grünen rauschenden spiegelklaren Wasser entgegen. Als das Thal sich erweiterte, sah man aus einer großen Hütte eine weiße Dampfwolke aufsteigen, und der Diener sagte zu Herrn Tiburius, das sei der Dampf, der aus der Sole aufsteige, die in dem Hause gekocht werde, und man sei ganz nahe an dem Ziele der Reise. Bald nach diesen Worten fuhr Herr Tiburius in seinem von allen Seiten geschlossenen Wagen in die Gassen des Badeortes ein. Es war in demselben wegen der großen Hize sehr still, niemand war im Freien, die gegliederten Fensterläden und die Fenstervorhänge waren zu, höchstens, daß bei einer Spalte oder bei einer Falte ein paar Augen heraus schauten, um zu sehen, wer denn wieder gekommen sei.

Herr Tiburius fuhr vor den Gasthof, in welchem ihm auf ein Schreiben seines Dieners ein Zimmerlein war aufgehoben worden. Er stieg aus und wurde in das Zimmerlein hinauf geleitet. Dort sezte er sich an das gelbangestrichene Tischlein, das da stand. Seine Diener und die Leute des Gasthauses waren beschäftigt, die Dinge, die der Wagen enthielt, auszupaken und herauf zu tragen.

Herr Tiburius konnte sich nun mit Beruhigung sagen, daß er da
sei. Aus der spöttischen Aeußerung des kleinen Doctors war Ernst
geworden. Gestern, da er noch in der Ebene draußen fuhr, hatte
Herr Tiburius gedacht, wenn er nur nicht eher stürbe, ehe er ankä-
me, dann wäre alles gut: jezt war er angekommen, und saß bereits
neben seinem Tischlein da. Die Leute räumten beinahe die ganze
Stube mit den Sachen voll, die sie in dem Wagen fanden. Durch die
grünen Schienen der Fensterläden sahen duftige Bergwände herein
– er war fast berauscht und legte sich seine Reiseeindrüke zurecht.
Da waren noch die unendlichen Felder und Wiesen und Gärten,
durch die er gefahren war, und die Häuser und Kirchthürme, die
alle an ihm vorüber gegangen waren, dann rükten gar Gebirge näher, dann schwankte ein langer grüner See in seinem Haupte, über
den er sammt seinem Reisewagen gefahren war, und dann war das
eilende Wasser in dem Thale und das erschrekliche Blizen der Sonne auf allen Bergen. – –

Aber auf das alles durfte Herr Tiburius zulezt doch nicht gar zu
stark denken; denn es waren jezt ganz andere Dinge nothwendig,
nehmlich, daß seine Wohnung für seine Krankheit gehörig eingerichtet werde, und daß man sehr bald den Badearzt rufe, daß er ihn
kennen lerne, und daß sie mit einander den Plan der Heilung verab-
redeten und sogleich zur Ausführung desselben den Anfang machten.

Es mußte vor allem noch ein größerer Tisch herbei, auf den er die
Stöße Bücher, die sein Diener auspakte, legte, daß er sie bei erster
Gelegenheit aufschneide, und zu lesen beginne. Dann mußte das
Bett, dessen Bestandtheile er selber mitgebracht hatte, im noch kleineren Nebenzimmerchen, das an sein Wohngemach stieß, aufge-
stellt werden. Das Stahlgerüste desselben wurde in der Eke aufge-
richtet, in welcher am wenigsten Zugluft herrschen konnte. Hierauf
wurden die Stäbe der spanischen Wand, die er mitgebracht, auseinander geschraubt, gestellt, und mit dem dazu gehörigen Seiden-
stoffe bespannt, auf dem unzählige rothe Chinesen waren. Weil so
viele Mantelsäke, Wagenkoffer und andere Lederfächer herumla-
gen, mußte der Wirth noch einen Schrein herauf schaffen, den man
in das Vorzimmer, wo die Diener schliefen, stellte, daß man das
Weißzeug, die Schlafröke und die Kleider unterbringen könne. Zulezt mußten noch die Schirme vor die Fugen der Fenster und Thü-

ren gestellt und die leeren Koffer und Lederfächer in das Wagenbehältniß gebracht werden.

Als alles in Ordnung war, sendete Herr Tiburius nach dem Badearzte. Es durfte nicht aufgeschoben werden, und es war überhaupt ungewiß, ob nicht auf die viele, viele Bewegung, die er auf der langen Reise her gemacht habe, eine arge Krankheit folgen könne.

Der Badearzt war nicht zu Hause und auch sonst nirgends zu finden. Herr Tiburius mußte bis auf den Abend warten. Er saß in seiner Stube und wartete. Am Abende kam der Arzt, und die zwei Männer beredeten sich über eine Stunde lang, und sezten die ganze Wesenheit des zu befolgenden Heilplanes auseinander.

Am andern Morgen begann Herr Tiburius schon den Plan ins Werk zu sezen. Man sah ihn in einem langen grauen zugeknöpften Oberroke den Brunnengebäuden zu gehen und in denselben verschwinden. Er nahm darinnen sein erstes Bad. Und wo man die Molken nahm, wo man in der Sonne saß, und ein wenig hin und her ging, konnte er später auch gesehen werden. So machte er es jeden Tag, und er ging gewissenhaft dorthin, wo es der Zwek erheischte. Um die von dem Arzte vorgeschriebene Bewegung mittelst Gehen zu machen, hatte er sich eine eigene Art ausgesonnen. Er fuhr nehmlich mit seinen Grauschimmeln auf der Straße, die tiefer in das Gebirge führt, eine Streke fort, bis er zu einem gewissen großen Steine kam, den er gleich am ersten Tage entdekt hatte. Neben dem Steine war eine ziemlich große trokene Erdstelle, die aus fest gelagertem Sande bestand. An dieser Stelle stieg er aus, und ging nach der Uhr so lange hin und her, als die zur Bewegung festgesezte Zeit dauerte, dann saß er wieder ein und fuhr nach Hause. Die Leute, die im Bade versammelt waren, lernten ihn bald kennen, und sagten, das sei der Herr, der neulich in dem geschlossenen Wagen gekommen sei.

Die Badezeit war eigentlich schon ziemlich vorgerükt, aber da in diesen Gebirgsthälern die lezten Sommermonate die heißesten und trokensten sind, so war noch ein großer glänzender und auserlesener Besuch zugegen. Darunter waren manche sehr schöne Mädchen. Herr Tiburius, welcher nicht umhin konnte, doch manchmal eine zu sehen, erinnerte sich flüchtig an die Heirathsworte des Doctors – aber er dachte, der Doctor sei ein Schalk, und verlegte sich hier nur auf das, was seiner Gesundheit unmittelbar noth that. Er las allgemach von dem Bücherhügel ein großes Stük herunter, er verrichtete genau alles, was ihm der Badearzt vorgeschrieben hatte, und that noch manches andere dazu, was er selber aus den Büchern lernte und sich verordnete. Er hatte sich auch an seinem Fensterstoke ein Fernrohr angeschraubt, und betrachtete durch selbes öfter die närrischen Berge, die hier herum standen, und die das Gestein in höchster Höhe oben trugen.

Es war seltsam, daß auch hier in dieser großen Entfernung, und zwar schon in sehr kurzer Zeit, nachdem Herr Tiburius angekommen war, der Name Tiburius im Munde der Leute gebräuchlich war, obwohl in dem Fremdenbuche Theodor Kneigt stand, und obwohl ihn niemand kannte. Es mochten ihn wohl insgeheim seine Diener so genannt haben.

Es waren allerlei Menschen und Familien in dem Bade. Da war ein alter hinkender Graf, der überall gesehen wurde, und in dessen verwittertes Angesicht fast ein Schimmer von der sehr großen Schönheit seiner Tochter floß, die ihn überall mit Geduld begleitete und ruhig neben ihm her ging. In einem Wagen mit zwei feurigen Rappen fuhren gerne zwei junge schöne Mädchen mit Augen, die noch feuriger waren, als die Rappen, und mit rothen Wangen, um die gewöhnlich grüne Schleier flatterten. Sie waren die Töchter einer badenden Mutter, die selbst noch schön war, und in ein reiches Tuch gewikelt in dem Wagen zurükgelehnt saß. Dann war ein dikes kinderloses Ehepaar, das eine Nichte mit sich führte, die träumerisch darein schaute, manchmal unterdrükt aussah, und schöne blonde Loken hatte, wie man sie nur immer erbliken konnte. In einem fensterreichen Hause tönten schier immer Claviertöne, und viele Lokenköpfe junger Mädchen und Knaben waren zu sehen, wenn sie aus den Fenstern herausschauten, oder von Innen an denselben vorüber flogen. Dann waren manche einsame Greise, die hier ihre Gesundheit suchten und niemand als einen Diener hatten; dann manche Hagestolze, die über den Sommer des Lebens hinüber ohne Gefährtin herum gingen. Noch sind zwei blauäugige Mädchen zu erwähnen. Die eine sah gerne von einem abgelegenen Balkone mit ihren blauen Augen auf die nicht weit entfernten Wälder hinüber, und die andere richtete sie gerne auf die Tiefe des dahin rinnenden Stromes. Sie ging nehmlich häufig mit ihrer Mutter an den

Ufern desselben spazieren. Dann waren die schönen erröthenden Wangen der Landeskinder, die einen kranken Vater, eine Mutter, eine Wohlthäterin hieher begleiteten – der vielen andern gar nicht zu gedenken, die alle Jahre kamen, sich an der Schönheit der Umgebung ergözten, oder nur der Mode huldigten, alles zu beherrschen strebten, jedes neu Angekommene und Schüchterne besprachen und darüber triumphirten. Unter diesen Menschen lebte Tiburius fast scheu fort. Er mischte sich niemals unter sie, und wenn er mehreren auf seinen von dem Arzte vorgeschriebenen Gängen begegnen sollte, so machte er lieber einen Umweg, daß er ihnen auswich. Sie redeten von ihm, da er durch seine Absonderung auffiel; aber er wußte nicht, daß sie von ihm redeten, und wie sie ihn nannten. Er blieb beständig bei dem sich immer ablösenden Gewirre anwesend; denn wirklich kamen in der Zeit immer neue, und schieden die andern.

Wir können unmöglich sagen, wie Herrn Tiburius der Gebrauch des Bades bekam, denn er sagte selber zu niemanden etwas und badete immer fort. Dem Arzte erklärte er auf jede Frage, wie es ihm gehe, es gehe eben dem Gange des Dinges gemäß, und wir würden wohl am Ende in den Stand gesezt worden sein, über den Erfolg seines Badens etwas bestimmtes angeben zu können, wenn sich nicht das zugetragen hätte, wodurch sich alles veränderte, und jede Berechnung der mitwirkenden Ursachen unmöglich wurde.

Wir haben oben schon gesagt, daß Tiburius immer zu seinen Bewegungen weiter hinaus fuhr, und an einem einsamen Steine auf und nieder ging. Er war sehr fleißig und hatte dieses schon viele, viele Male gethan. Eines Tages, nachdem seit seiner Ankunft schon eine geraume Zeit verflossen war, da eben ein beinahe stahlfester dunkelblauer Himmel über dem Thale stand, fuhr er, weil ihm der Tag so wohl that, weiter als gewöhnlich. Ganz fremde Berge sah er schon, und dunkle Tannen und lichtere Buchen schritten fast bis an seinen Wagen heran. Man weiß nicht, war die Empfänglichkeit für das Wohlthätige des Tages schon eine Folge seines Badens, oder war es die ungemein liebliche heitere und klare Milde der Luft, die alle Menschen und also auch ihn erfaßte. Neben seinem Wagen war ein sonniger Plaz, der festen Heideboden hatte; er war von schüzenden Steinwänden umstanden, daß kein rauher Wind herein streichen konnte, und ging so gegen das ganz stille Laub zurük. Dieses lokte den Herrn Tiburius aus dem Wagen, daß er ein wenig herum gehe, und die sanften senkrecht niedergehenden Mittagsstrahlen genieße.

»Ich werde meine Bewegung hier, nicht an dem Steine, machen,« sagte er zu seinem Diener und zu dem Kutscher, »es ist einerlei; ihr wartet da an dem Plaze, bis ich wieder komme und einsteige.«

Hierauf zog er seinen Oberrok aus, wie er es allemal that, warf ihn in den Wagen zurük, stieg über den von dem Diener herab gelassenen Fußtritt herab, und ging gegen den trokenen Waldplaz vorwärts. Tiburius hatte einen Wald nie von Innen gesehen. In seiner Heimath war überhaupt nur kleines Gehölze, in das er übrigens auch nicht gekommen ist, und die großen Forste, die auf den Bergen des Badeortes herum lagen, hatte er nur durch sein Fernrohr vom Fenster aus beobachtet. Hier war er beinahe in einem Walde. Wenn auch der Plaz, den er sich zu seinem Gange ausersehen hatte, von keinen Bäumen besezt war, so standen dieselben doch so nahe und auf manchem benachbarten Hügel herum, daß man sagen konnte: Herr Tiburius befinde sich auf einer Waldblöße. Alles gefiel ihm sehr wohl. Kein menschliches Wesen ließ sich rings herum sehen und hören – das war ihm gerade recht. Der Plaz ging von der Straße gegen die Tiefe der Gegend einwärts. Als Herr Tiburius über seine ganze Länge hin geschritten war, und umkehren wollte, um, wie seine Spazierart war, hin und her zu gehen, sah er, daß weiter einwärts noch ein schönerer Plaz war. Zur Linken befand sich eine Steinwand, die bedeutend hoch war, rechts standen in einiger Entfernung hohe Bäume und nach vorwärts war der Plaz durch Waldwerk geschloßen. Es war hier noch stiller, und die Mittagswärme sank an der Steinwand so freundlich nieder, daß es war, als müßte man sie beinahe rieseln hören. Sie war bereits für den Körper sehr wohlthätig, da die Jahreszeit schon in die Hälfte des Herbstes hinein ging, und manches Laub schon ins Gelbe schimmerte. Der Boden war wegen der langen vorausgegangenen schönen Zeit sehr troken.

Herr Tiburius beschloß sofort, auf diesem Plaz vorzuschreiten, und ihn zu seinem Bewegungsorte zu machen. Er dachte, wenn er auch etwas länger gerade aus vorwärts ginge, so könnte er doch nach seiner Uhr wieder umkehren, und im Ganzen gerade die vorgeschriebene Bewegung so machen, als wenn er hin und her gegangen wäre. Es wird gewiß nicht schädlich sein. Die milde Sonne that ihm durch die Widerprallungskraft des Felsens, als er einmal bis in die Hälfte des neuen Plazes vorwärts gekommen war, so wohl, daß er sich äußerst anmuthig fühlte. Auch waren ihm alle Dinge, die er herum sah, neu, sie gefielen ihm, und er hätte nie gedacht, daß er in einem Walde so zufrieden sein könnte. Da lag ein breiter weißer Stein dem Boden entlang, und verschiedene Kräuter begleiteten ihn. Links an der Wand waren noch mehrere Steine, die von ihr herab gebrochen waren: weiße, gelbe, braune, und noch allerlei andere. Es stand in ihnen rostfarbenes Gestrüppe, einzelne Ruthen und mehreres. Manches Mal saß ein Falter auf einem Steine und legte die schimmernden Flügel, derlei Herr Tiburius in seiner Heimath nie gesehen hatte, auseinander und sonnte sie. Manchmal flog einer stumm neben ihm, wie die stumme Luft, und ward gleich darauf nicht mehr gesehen. Auch bemerkte Herr Tiburius, daß ja da ein sehr angenehmer Wohlgeruch herrsche.

Er ging weiter. Zuweilen hielt er sein spanisches Rohr empor, drehte es langsam zwischen den Fingern und ergözte sich an dem Funkeln des Goldknopfes in der dunkeln, ruhigen, einsamen Luft. Nach einer Weile kam er zu verstümmelten Stämmen, von denen Pech herab rann. Er hatte das nie gesehen und blieb stehen. Die durchsichtige Flüssigkeit quoll in der Sonne aus der Rinde hervor, und die Tropfen standen, wie reines geschmolzenes Gold, das in einem Häutchen hing. Dann ging er wieder weiter. Es begegnete ihm eine Schaar wundervoll blauen Enzians, er sah sie an, und pflükte sogar einige Stämmchen.

Endlich war er schier an das Ende seines auserkorenen Spazierplazes gekommen. Das Waldwerk, welches er von Weitem als Schluß gesehen hatte, bestand in mehreren ziemlich weit von einander entfernten Bäumen. Tiburius blieb ein wenig stehen, um es anzusehen und zu überlegen, ob er hinein gehen solle, oder nicht. – Eidechsen schlüpften im Mittagsglanze, ein Wässerlein ging ungehört gegen die Tannen, und zwischen den Stämmen spannen luftige glänzende Herbstfäden, wie sie Herr Tiburius auch öfter zu Hause in dem Garten gesehen hatte. Ehe er da weiter ging, mußte er doch noch erforschen, was denn das für ein seltsamer Reif sei, der dort auf den entfernten Tannennadeln liege, und wie die Wolke aussehe, die weit draußen zwischen dem Grün der Bäume herein schaue, ob sie nicht etwa Regen drohe. Er nahm sein Taschenfernrohr heraus, machte es zusammen, und sah durch. Aber der Reif war nur der unsägliche Sonnenglanz, der auf der glatten Seite der Nadeln lag, und die Wolke war ein entfernter Berg, wie sie hier im Lande in einer großen Ausdehnung einer hinter dem andern stehen. Er beschloß also weiter zu gehen, insbesondere, da die Steinwand noch immer fortlief und Anfangs nur eine und dann nur einige Buchen zwischen ihm und ihr waren. Auch ging ein sehr wohlausgetretener schwarzer Pfad in die Bäume hinein. Tiburius mußte, als er diesen Pfad betrat, an den kleinen närrischen Doctor denken, der sich aus verschiedenen Stoffen diese Erde für seine Rhododendern und Eriken brennen muß, wie sie hier von selber liegt; und Eriken sah er hier unter den Stämmen viel schöner blühen, als sie der Doctor in seinen Töpfen erziehe. Er nahm sich vor, wenn er nach Hause käme, ihm von dieser Thatsache zu erzählen.

Tiburius ging auf dem Pfade fort, der von allerlei Dingen einge-faßt war. Manchmal lag die Moosbeere wie eine rothe Koralle neben ihm, manchmal strekten die Preißelbeeren ihr Kraut empor und hielten ähnliche Büschel von rothwangigen Kügelchen in den glän-zenden Blättchen. – Die Bäume wurden immer dunkler, und zuwei-len stellte ein Birkenstamm eine Leuchtlinie unter sie. Der Pfad glich sich immer, die kommenden Stellen waren wie die, die er verlassen hatte. Nach und nach wurde es anders, die Bäume stan-den sehr dicht, wurden immer dunkler, und es war, als ob von ih-ren Aesten eine kältere Luft herab sänke. Dies mahnte Herrn Tibu-rius umzukehren, da es ihm vielleicht auch sogar schädlich sein könnte. Er zog die Uhr hervor, und sah, was ihm ohnedem, als er aufmerksam geworden war, eine dunkle Vorstellung gesagt hatte, daß er weiter gegangen sei, als er dachte, und den Rükweg einge-rechnet heute mehr Bewegung gemacht habe, als sonst.

Er kehrte sich also auf dem Pfade um, und ging zurük.

Er ging auf dem Rükwege schleuniger, da er die Gegenstände nicht mehr so beachten wollte, und ihm, seit er auf die Uhr gesehen hatte, darum zu thun war, den Wagen ehestens zu erreichen. Er ging auf dem Pfade fort, der genau so schwarz war, und so neben den Bäumen fort lief, wie auf dem Herwege. Als er aber schon ziemlich lange gegangen war, fiel ihm doch auf, daß er die Steinwand noch nicht erreicht habe. Auf dem Herwege hatte er sie links gehabt, nun hatte er sich umgekehrt, folglich mußte sie ihm jezt rechts erscheinen – aber sie erschien nicht. Er dachte, daß er vielleicht im Hereingehen in Gedanken gewesen sei, und der Weg länger wäre, als er ihn jezt schäze; deßhalb war er geduldig und ging fort – aber schneller ging er etwas.

Allein die Wand erschien nicht.

Nun wurde er ängstlich. Er begriff nicht, wie auf dem Rükwege so viele Bäume sein können – er ging um vieles schneller, und eilte endlich hastig, so daß er, selbst bei reichlicher Zugabe zu seiner Rechnung, nun doch schon längstens bei dem Wagen hätte sein sollen. Aber die Wand erschien nicht, und die Bäume hörten nicht auf. Er ging jezt von dem Pfade sowohl rechts als auch links bedeutend ab, um sich Richtung und Aussicht zu gewinnen, ob die Wand irgend wo stehe – allein sie stand nirgends, weder rechts noch links, noch vorn, noch hinten – – nichts war da, als die Bäume, in die er sich hatte hinein loken lassen, sie waren lauter Buchen, nur viel mehrere, als er beim Herwege gesehen hatte, ja es war, als würden sie noch immer mehr – nur die eine, die am Anfange zwischen ihm und der Wand gestanden war, konnte er nicht mehr finden.

Tiburius fing nun, was er seit seiner Kindheit nicht mehr gethan hatte, zu rennen an, und rannte auf dem Pfade in höchster Eile eine große Streke fort, aber der Pfad, den er gar nicht verlieren konnte, blieb immer gleich, lauter Bäume, lauter Bäume. Er blieb nun stehen, und schrie so laut, als es nur in seinen Kräften war und als es seine Lungen zuließen, ob er nicht von seinen Leuten gehört würde, und eine Antwort zurük bekäme. Er schrie mehrere Male hinter einander und wartete in den Zwischenräumen ziemlich lange. Aber er bekam keine Antwort zurük, der ganze Wald war stille und kein Laublein rührte sich. In den vielen Aesten, die da waren, sank die

Menschenstimme wie in Stroh ein. Er dachte, ob nicht etwa die Richtung, in der er gerannt war, sich von der Straße, auf der sein Wagen stand, eher entferne, als nähere, da er sich etwa in dem vielen Suchen umgewendet haben könne, ohne es zu wissen. Dem zu Folge wollte er jezt wieder in der nehmlichen Richtung zurük rennen. Er warf noch eher den Enzian, den er noch immer in der Hand hatte und der ihn jezt mit dem fürchterlichen Blau so seltsam anschaute, weg und rannte dann zurük. Er rannte, daß ihm der Schweis hervor trat, und wußte nun wieder nicht, ob das die nehmlichen Gegenstände seien, die er im Herrennen gesehen habe. Als er eine so große Streke, die er früher nach der einen Richtung gemacht, jezt nach der entgegengesezten zurükgelegt zu haben glaubte und eine gleiche dazu, hielt er wieder inne und schrie abermals – allein er bekam wieder keine Antwort, es war nach seiner Stimme wieder alles stille. Hier war es auch ganz anders als an dem früheren Orte, und wildfremde Gegenstände standen da. Die Buchen hatten aufgehört; es standen Tannen da, und ihre Stämme strekten sich immer höher und wilder. Die Sonne stand schon schief, es war Nachmittag geworden, auf manchem Moossteine lag ein schrekhaft blizendes Gold, und unzählige Wässerlein rannen, eins wie das andere.

Herr Tiburius konnte es sich nicht mehr läugnen, daß er ganz und gar in einem Walde sei, und wer weiß, in welch großem. Er war nie in der Lage gewesen, sich aus solchen Sachen heraus finden zu müssen, und seine Noth war groß. Dazu gesellten sich noch andere Dinge. Er hatte in dem Hin- und Hergehen durch das Gras, als er von dem Pfade abgewichen war, um die Steinwand zu finden, nasse Füsse bekommen, er war im Schweise, und hatte nur einen einzigen dünnen Rok, der andere lag im Wagen, er durfte sich gar nicht niedersezen, um auszuruhen, so schön die Steine da lagen; denn er müßte sich verkühlen – und endlich lag auch das Fach mit der Arznei, die er heute Nachmittag zu nehmen hatte, zu Hause. Er sah das eine recht gut ein, was hier das nothwendigste war, nehmlich, statt hin und her zu laufen, lieber auf dem Pfade immer in derselben Richtung fort zu gehen; denn irgend wohin mußte der Pfad doch führen, da er so ausgetreten war. Es war noch ein großes Glük, daß wenigstens ein Pfad vorhanden war; denn welches Unheil wäre es gewesen, in einem weglosen Walde in diesem Zustande zu stehen.

Herr Tiburius entschloß sich also nach der zulezt eingeschlagenen Richtung des Weges fort zu gehen.

Er knöpfte den Rok, den er an hatte, fest zu, stülpte die Kragen-klappen desselben empor, legte sie sich fest an das Angesicht und ging sehr emsig fort. Er ging fort, und fort, und fort. Die Hize des Körpers nahm überhand, der Athem wurde kurz, und die Müdig-keit wuchs. Endlich ging der Pfad bergauf und war ein gewöhnli-cher Waldsteig geworden. Aber Tiburius kannte Waldsteige gar nicht. Steintrümmer der größten und fürchterlichsten Art lagen rechts und links an dem Wege, der oft über sie dahin ging. Einige waren in Moose gehüllt, die verschiedenes noch nie gesehenes Grün zeigten, andere lagen nakt und ließen den scharfen gewaltigen Bruch sehen. Großfingrige Fächer von Farrenkräutern standen da, und die hohen diken Stämme der Tannen, die aus all dem Dinge empor ragten oder auch da lagen, waren, wenn sie Tiburius angriff, feucht. – Eine Weile bestand der Pfad aus lauter kleinen Prügeln, die quer lagen, manchmal fast im Wasser schwammen, bei jedem Tritte sich rührten, oder doch, wenn sie selbst fest waren, ausglit-schen machten. – Dann stand ein steiler Berg da. Der Pfad klomm ihn unverdrossen hinan, und Tiburius ging auf ihm fort. Als er oben angekommen war, war es eben und der Boden war sandig. Der Pfad lief hier gleichsam emsig und freudig vor Tiburius her, und dieser folgte ihm. Er wurde später aus dem scharfen Sande wieder schwarz, war breit, troken, drükte bei jedem Schritte gegen den Fuß, als ginge man auf Federharz und schlang sich so fort. Tiburius be-trat ihn in sein Schiksal ergeben. Endlich war es Abend geworden, unheimliche Amselrufe tönten, und Tiburius ging in seinen unzu-länglichen Rok geknöpft weiter. – Nach einer Weile war es, als rauschte es irgend wo unten. – Tiburius ging fort, das Rauschen tönte näher, aber es war nur Wasser, das den Wald eher schauerli-cher machte, und von dem keine Hülfe zu erwarten war. Tiburius ging noch eiliger fort, er ging fort, und fort – und leider wieder aufwärts. Endlich, da er um einen sehr großen Stein, der gleichsam alles vor ihm verdunkelt hatte, hinum gegangen war, senkte sich der Weg abwärts und wurde sandig und geröllig. Auch standen mit einem Male nicht mehr die hohen Tannen neben ihm, sondern aller-lei lustiges Gebüsch von dichtem Laube, namentlich Haselstauden, was jederzeit ein Zeichen ist, daß ein Wald aufhöre und man sich im Saume befinde. Herr Tiburius kannte aber solche Zeichen nicht. Er ging noch die Streke unter dem Gebüsche und auf den scharfen Steinen weiter, es wurde lichter, die Gebüsche hörten auf, der Wald war aus, und er stand hoch auf einer Wiese im Freien.

Er war in einem Zustande, in welchem er in seinem ganzen Leben nicht gewesen war. Die Knie schlotterten ihm, und der Körper hing vor Müdigkeit nur mehr in den Kleidern. Er empfand es, wie an seinem ganzen Leibe ohne seinen Willen die Nerven zitterten, und die Pulse klopften. Aber auch hier war keine Aussicht auf Hülfe vorhanden. Die Sonne war schon unter gegangen. Ueberall standen im kühlblauen Hauche des Abends Berge mit allerlei Gestalten herum, theils mit Wald bedekt, theils Felsen empor strekend. Weit draußen hinter dem Saume eines grünen Waldes ragte ein sehr hoher Berg heraus. Er hatte mehrere Felsenkronen, die empor standen. Zwischen diesen Kronen lagen drei sehr große Schneefelder, welche aber jezt rosenroth beleuchtet waren, und auf welche die Kronen Schatten warfen. Für Tiburius war dieses erhebende Schauspiel eher schrekhaft. Weit herum war kein Mensch und kein lebendes Wesen zu erbliken. Das Rauschen, welches er schon eine geraume Zeit in den Wald hinein gehört hatte, war ihm jezt erklärbar. In der Rinne des Thales, gegen welches die Wiese, auf der er stand, hinab ging, lief über Steine und Klippen ein grünes brodelndes Wasser heraus, und eilte links durch die Thaltiefe nach einander fort. Sonst war aber gar nichts zu erspähen, welches sich regte und rührte.

Tiburius sah, daß der Weg über den Wiesenhügel gegen das Wasser hinab gehe, und er dachte, da in dem Badeorte dasselbe grüne Wasser, aber in viel größerer Menge, dahin fließe, so könne leicht dieser Bach zu jenem grünen Wasser hinaus eilen, und etwa gehe der Weg daneben fort.

Er beschloß daher, dem Laufe des Pfades nach abwärts zu folgen. Er bezwang das stürmende Verlangen seines Körpers nach Ruhe – denn auf dem Grase lag überall schon der nasse Thau – und ging unter schmerzhaftem Vorwärtsstoßen seiner Kniee auf dem Pfade steil abwärts. Der Berg mit den rosenfarbenen Schneefeldern zog sich gemach unter den Wald zurük, bis nichts mehr, als kalt blaue oder grüne Anhöhen, mit Dunststreifen durchwebt, da standen.

Tiburius kam zu dem Wasser hinunter. Es hastete mit dem Blaugrün seiner Wogen und dem fliegenden weißen Schaume darauf nach einander hin – und was er eben gedacht hatte, traf hier unten ein: der Weg ging neben dem Wasser fort. Er schlug ihn also ein und strengte seine Kräfte, die gleichsam auflösend und trunken waren, aufs Neue und Lezte an.

Da er eine Weile so gegangen war und bereits Dunkelheit einzutreten begann, hörte er plözlich troz des Rauschens, das der Bach in ziemlicher Tiefe unter ihm veranlaßte, Tritte hinter sich. Er sah um, und erblikte einen Mann, der hinter ihm her ging und ihn eben eingeholt hatte. Der Mann trug eine Axt über den Rüken, mehrere eiserne Keile über die Schultern, und hatte starke Holzschuhe an. Tiburius blieb stehen, ließ ihn vollends an sich kommen, und fragte dann: »Guter Freund, wo bin ich denn, und wo finde ich denn in das Bad hinaus?«

»Ihr seid auf dem Wege zum Bade,« antwortete der Mann, »aber in der Keis draußen theilen sich die Wege wieder, und der bessere geht in die Zuderhölzer hinauf, da könntet ihr euch verirren. Weil ich ohnedem auf dem nehmlichen Wege gehe, so könnt ihr mit mir gehen, ich werde euch hinaus führen. – Wie seid ihr aber denn hieher gekommen, wenn ihr nicht wisset, wo ihr seid?«

»Ich bin ein Kranker,« sagte Herr Tiburius, »heile mich durch den Gebrauch des Bades, bin auf der Straße ziemlich weit fort gefahren, bin dann spazieren gegangen, und habe mich in dem Walde verirrt, daher ich meinen wartenden Wagen nicht mehr finden konnte.«

Der Mann mit den eisernen Keilen sah Herrn Tiburius nach der Seite von oben bis unten an, und mit einem Zartgefühle, das diesen Menschen so gerne eigen ist, und das man ihnen ungerechter Weise nie zuschreibt, ging er nun, da er ihn betrachtet hatte, viel langsamer, als sonst seine Art war.

»Da seid ihr durch das Schwarzholz gegangen, wenn ihr nehmlich über die Glokenwiese zu dem Wasser herab gekommen seid,« sagte er.

»Ja, ich bin über eine Wiese, die rund und steil, wie eine Gloke war, zu diesem Wasser herab gestiegen,« antwortete Herr Tiburius.

»So – so –,« sagte der Mann darauf, »da gehen die Leute nicht gerne herauf, weil es so wild ist, und darum wußtet ihr nicht, wo ihr seid.«

»Ja, ja,« antwortete Herr Tiburius, »und wer seid denn ihr, daß ihr da so gegen die Nacht hin in diesem Graben heraus gehet?«

»Ich bin ein Holzknecht,« sagte der Mann, »und gehe heute nur aus Zufall hier heraus, weil ich dem Gewerkmeister in der Zuder eine Bothschaft bringen muß. Da habe ich mein Geräthe mitgenommen, daß ich es schärfe; denn mein Haus steht nur eine halbe Stunde von da links. Wir hauen in den Holzschlägen, die etwa sechs Stunden oberhalb des Plazes liegen mögen, an dem ich euch getroffen habe. Jezt gehen wir immer am Montage hinauf und am Samstage herab. Sonst bleiben wir auch zuweilen einige Wochen oben. Ich habe heute noch bis Nachmittag geholfen, dann bin ich herabgestiegen.«

»Und wann geht ihr wieder hinauf?« fragte Tiburius.

»Ich bleibe heute bei meinem Weibe,« sagte der Holzknecht, »dann gehe ich morgen um drei Uhr früh in die Zuder zu dem Gewerkmeister, und von ihm wieder zurük in den Holzschlag, daß ich den Nachmittag noch zur Arbeit habe.«

»Das thut ihr alles in einem Tage,« sagte Tiburius, »und dauert es so das ganze Jahr fort?«

»Im Winter ist es leichter,« antwortete der Holzknecht, »da sind wir im Thale, und oft wird nur bei dem Fuhrwerke die Zeit hin gebracht.«

»So, so,« antwortete Herr Tiburius, indem er neben dem Manne mühsam einherging.

Derselbe erzählte ihm noch mehreres von seinem Handwerke, wie sie es betreiben, wie sie nebstbei in den Hochgebirgen leben, und welche Gefährlichkeiten und Abenteuer sich dabei ereignen. Unter diesen Worten kamen sie immer weiter, bis sich, so viel man in der bereits eingetretenen Nacht erkennen konnte, das Thal erweiterte, und sie wieder auf einem ziemlich steilen Wege herab stiegen. Der Holzknecht hielt sich bei Tiburius auf, unterstüzte ihn, und leitete ihn an dem Arme abwärts. Als sie wieder in der Ebene waren, und noch eine Streke zurük gelegt hatten, standen kleine Häuschen mit Lichtern da.

»So,« sagte der Holzknecht, »wir sind hier an Ort und Stelle. Ich bin weiter mit euch gegangen, als mein Weg war, weil ihr so krank seid und nicht fort kommen könnt; aber hier ist es schon recht leicht, geht nur noch die Gasse hinein, und dann gerade fort, da werdet ihr bereits die Häuser kennen. Ich muß umkehren, weil ich nun beinahe zwei Stunden nach Hause habe, weil die Nacht kurz ist, und ich um drei Uhr wieder aufbrechen muß.«

»Lieber, guter Mann,« sagte Tiburius, »ich kann euch ja gar nicht belohnen, weil ich kein Geld habe; denn dasselbe hat immer mein Diener, der jezt nicht hier ist. Geht nur mit mir in meine Wohnung, daß ich euch eure Gutthat vergelte, oder nehmt hier meinen Stok und leihet mir den euren, ich bleibe noch bis tief in den Herbst hier, heiße Theodor Kneigt, und wenn ihr oder ein anderer den Stok bringet, um ihn gegen den eurigen auszutauschen, so werde ich meine Schuld mit Gewissenhaftigkeit zahlen.«

»Denkt nur,« sagte der Holzknecht, »daß ich auch noch mein Geräthe zu schärfen habe. Ich kann gar keine Zeit mehr verlieren. Den Stok aber nehme ich recht gerne an, und werde ihn schon einmal bringen; denn ich habe auch zwei Kinder, und wenn ihr diesen etwas geben wollet, so ist es mir schon recht, und der Mutter wird es auch schon recht sein.«

Nach diesen Worten tauschten sie die Stöke um, und nahmen Abschied. Tiburius ging langsam, sich auf das kurze Griesbeil des Holzknechtes stüzend, an den Zäunen der kleinen Gärtchen der hier stehenden Häuser hin, und hörte noch die jezt viel schnelleren Tritte des Holzknechtes, der mit seinen Eisenkeilen beladen, hölzerne Schuhe an den Füßen tragend, und ohne Stab – denn Tiburius Rohr mit dem feinen Goldknopfe war nicht zu rechnen – seinen Rükweg nach der zwei Stunden entfernten Hütte einschlug.

In dem Gasthause, in welchem Herr Tiburius wohnte, waren sie alle erstaunt, da sie ihn in der Nacht zu Fuße mit einem Griesbeil ankommen sahen. Der Wirth erkundigte sich bescheiden, die andern sagten es sich einer dem andern, daß es auch noch wie ein Lauffeuer in die übrigen Häuser des Ortes lief. Tiburius aber erzählte schnell dem Wirthe den Vorfall, stieg noch mit dem Griesbeil in seine Wohnung hinauf, sezte sich dort in seinen bequemen großohrigen Rollsessel und verlangte zu essen. Man stellte ihm ein Tischlein vor den Rollsessel, dekte es und stellte verschiedene Speisen darauf. Als er zu essen angefangen hatte, fragte er, ob der Wagen zurük gekommen sei. Man antwortete ihm mit Nein, und er ersah hieraus, daß sein Kutscher und sein Diener noch auf dem Plaze warten mögen. Daher bezeichnete er die Stelle und befahl, daß man sogleich um sie hinaus sende. Nachdem er gegessen hatte, kleidete ihn sein zweiter Diener, der zu Hause geblieben war, aus, und brachte ihn zu Bette. Als Herr Tiburius lag, gab er den Befehl, daß niemand in das Schlafzimmerchen herein komme, wenn er nicht läute, und als sich hierauf der Diener entfernt hatte, zog der Kranke die zwei Deken, mit denen er sich zugehüllt hatte, bis an das Angesicht empor; denn er wollte auf diese große Erregung einen Schweis erzielen, weil dieser vielleicht noch alles abwenden könne. Nach einer kurzen Zeit that Herr Tiburius die tiefen

Athemzüge des Schlafes. – –

Wir wissen nicht, was sich in der Nacht ereignete, und können nur erzählen, wie es am andern Tage gewesen sei.

Als Herr Tiburius erwachte, war es heller Tag. Die Sonne schien herein, und die rothen Chinesen, die auf der seidenen spanischen Wand waren, erschienen beinahe flammenroth, weil die Sonne durch sie hindurch schien; aber sie waren troz dem sehr freundlich.

Herr Tiburius sah lange Zeit auf sie hin, ehe er sich regte. Die Wärme des Bettes war unendlich behaglich. Zulezt mußte er sich doch entsinnen, und untersuchen, was ihm weh thue. Der Kopf that ihm nicht weh, er wußte nicht, ob ein Schweis gekommen sei, weil er geschlafen hatte, die Brust that auch nicht weh, der Magen war wohl, nur daß er sehr großen Hunger anzeigte, und die Arme waren nicht steif, und hatten auch kein Ziehen und Reißen. Er nahm die Uhr, die bei dem Bette lag und sah darauf. Es war zehn Uhr und die Molkenzeit lange vorüber. Gebadet hatte er sonst auch immer früher, aber er konnte es ja heute später thun. Nun regte er die Füße und strekte sich – – aber siehe, die thaten ihm fürchterlich wehe, vorzüglich der Oberfuß, allein es war nicht der Schmerz einer Krankheit, das erkannte er gleich, sondern die Müdigkeit, die im Ausruhen sogar etwas Süßes hatte. Er blieb wieder ruhig liegen. Er konnte sich nicht erwehren, in der Häuslichkeit, die er so in dem Bette hatte, eine kleine Schadenfreude zu empfinden, daß er die Molken verschlafen habe. Er schaute auf das Fenster und sein schönes Kreuz hin, in das das Glas gefaßt war, und er schaute auf die gemalten Schnörkel der Wände und auf die umliegenden Geräthe.

Endlich läutete er doch. Es kam Mathias der Diener herein, der gestern mit gewesen war. Herr Tiburius stand nicht auf, sondern fragte ihn, was sie denn mit dem Wagen angefangen hätten, da er nicht gekommen sei.

»Wir blieben ruhig stehen,« sagte der Diener, »wie es gewöhnlich der Fall war, wenn Euer Gnaden hin und her spazieren gingen. Wir sahen Sie später nicht, machten uns aber nichts daraus. Als eine Stunde vergangen war, schauten wir öfter auf die Uhr, als dann noch eine Stunde verging, schauten wir noch öfter. Als ich später sagte, ich würde nach gehen und herum sehen, antwortete Robert der Kutscher, das sei ein Fehler, weil Euer Gnaden immer sagten, wir sollen genau das thun, was befohlen wird, und nicht mehr und nicht minder, und weil Euer Gnaden scharf darauf sehen, daß es so sei. Was würde entstehen, sagte er, wenn der Herr von einer andern Seite käme, fort fahren wollte, und du nicht da wärest. Dies sah ich ein, und ließ das Suchen fahren. Als wir noch immer standen und die Sonne schon untergehen wollte, wurde uns bange. Jezt meinte Robert selber, ich solle gehen und rufen. Ich lief in den Wald und schrie, aber es kam keine Antwort. Dann lief ich kreuz und quer und schrie immer, allein es kam keine Antwort. Als es schon stark Abend war, ging ich zu den Steinhäusern hinüber, die nicht weit von unserem Plaze jenseits des Thales lagen, und holte Männer, welche in dem Walde suchen helfen sollten. Sie gingen mit, wir zündeten Pechfakeln an, und suchten und schrieen bis nach Mitternacht. Robert, zu dem ein Bothe gekommen war, ist früher nach Hause gefahren, wir aber sind erst um drei Uhr zurük gekommen, da die Leute bis zu den ersten Häusern mit mir gegangen sind, wo ich sie bezahlte und zurük schikte.«

»Es ist schon gut,« sagte Tiburius lächelnd, »du kannst wieder hinaus gehen.«

Der Diener ging. Herr Tiburius aber stand nicht auf, sondern kehrte sich um, lächelte in sich hinein, und war recht vergnügt, daß er in dem großen Walde gewesen sei und das Abenteuer bestanden habe.

Endlich, nachdem noch eine ganze Stunde vergangen war, wollte er aufstehen. Er klingelte wieder, und der hereingerufene Diener half ihm aus dem Bette, und kleidete ihn an.

Herr Tiburius ließ heute schon das Baden aus, es war bereits zu spät, und könnte nur Störungen verursachen. Aber etwas anderes that er, was er kaum zu verantworten vermochte. Er konnte sich nehmlich nicht erwehren, er frühstükte sehr viel Fleisch, und dann reute es ihn freilich.

Aber es hatte keine üblen Folgen.

Von nun an that Herr Tiburius wieder alles in der Ordnung, wie es ihm in dem Bade vorgeschrieben war, nur daß die Müdigkeit der Füße, die er sich in dem außerordentlichen Gange zugezogen hatte, schier acht Tage anhielt, und ihn selbst zu gewöhnlichem Gehen beinahe untauglich machte. Aber immer dachte er in der Zeit an den seltsamen Pfad, und war begierig zu erforschen, wie es denn gekommen sei, daß er sich verirrt habe.

Diesen Gedanken zu Folge fuhr er eines Tages, da er sich schon bedeutend erholt hatte, wieder an dieselbe Stelle, wo der feste sonnige Heideboden war, und wo die schüzenden Steinwände standen. Er stieg aus dem Wagen, und sagte zu seinen Leuten, den nehmlichen, die er damals mit hatte, sie sollten nur warten, er vergehe sich heute nicht. Er ging über den ersten Plaz, wie damals, und kam auf den zweiten, der ihm so gefallen hatte, und der ihm heute wieder gefiel. Er ging über ihn und hatte auf alle Gegenstände wohl acht, die er sah. Dann ging er sogar in den Wald hinein. So wie er aber damals die Steinwand nicht hatte finden können, so konnte er sie heute nicht verlieren. Er mochte sich wenden, wohin er wollte, so sah er sie immer wieder stehen. Als er weiter auf dem Pfade fort ging und kleine Hölzlein, die er zu sich gestekt hatte, auf ihn streute, um wieder zurük zu finden, erblikte er plözlich auch die Ursache, welche ihn damals verlokt hatte. Zu seinem Wege nehmlich, und zwar an einer Stelle, wo er über Steine ging und wenig bezeichnet war, gesellte sich sachte ein anderer, der viel deutlicher ausgetreten aus dem Walde seitwärts herauf ging. Sobald also Tiburius damals zurük gehen wollte, gerieth er allemal in diesen deutlicheren Zweig des Weges und durch ihn in den ferneren Wald, der ihn von seinem Wagen ablenkte. Es erschien ihm unglaublich thöricht, wie er das nicht auf der Stelle erkennen und sehen hatte können. Heute war alles gar so klar. Er wußte nicht, daß es allen, die Wälder besuchen, so gehe. Jedes folgende Mal sind sie klarer und verständlicher, bis sie dem Besucher endlich zu einer Schönheit und Freude werden. Auch das sah er heute, daß er, als er sich einmal entschlossen hatte, immer ohne Umkehr fort zu gehen, er gerade jene Richtung des Pfades eingeschlagen hatte, welche von seinem Wagen weg führte, und daß er also zu dem Bade zurük einen großen Bogen durch das Gebirge gemacht habe. Er ging eine Streke auf dem Waldwege hinein, und erinnerte sich jezt deutlich der Dinge, die er damals schon überall liegen und stehen gesehen hatte. Auf dem Rükwege waren sie noch freundlicher und bekannter als früher. Da er zu der Gabel des Weges gekommen war, ging er über die Steine, gelangte zu der Wand, die er jezt zur Rechten hatte, und von derselben zu dem Wagen. Er stieg ein und fuhr nach Hause.

Was Herr Tiburius dieses eine Mal gethan hatte, das versuchte er nun öfter. Ein ganz besonders schöner Herbst begünstigte ihn ausnehmend; schier immer stand die Sonne wolkenlos an einem milden freundlichen Himmel. Tiburius ging stets weiter auf seinem Steige fort, er spürte keine Nachtheile von diesen größeren Spaziergängen, ja es war sogar, als nüzten sie ihm: denn er war, wenn er weit gegangen war, wenn er an der warmen Steinwand gesessen war, wenn er die Dinge um sich herum und an der Fläche des Himmels betrachtet hatte, viel heiterer als sonst, er fühlte sich wohl, hatte Hunger und aß. Endlich brachte er es so weit, daß er, wenn er nicht ganz spät am Vormittage hinaus fuhr, bis auf die Glokenwiese, wo er den Berg mit den Schneefeldern und das heraus brodelnde Wasser sah, und von da wieder zurük zu dem Wagen gehen konnte. Er hatte dies dreimal in einer Woche gethan.

Als Herr Tiburius die Geschichtsmalerei in Oehl aufgegeben hatte, war er auf etwas Kleineres verfallen, nehmlich auf das Zeichnen, um sich mit demselben manche angenehme Stunde zu machen, er hatte sich nach seiner Art gleich mehrere sehr vorzügliche Zeichenbücher angeschafft; aber er hatte während seiner Arzneistudien und da er so krank war, keinen Strich in diese Bücher gezeichnet. In das Bad hatte er auch die Geräthschaften des Zeichnens mit gebracht, war aber ebenfalls bis jezt nicht dazu gekommen, auf das weiße Papier den geringsten Gegenstand zu entwerfen. Als er nun so oft seinen Waldsteig, auf dem er so viel gelitten hatte, aufsuchte, kamen ihm die Zeichenbücher und der Gedanke in den Sinn, daß er sie hieher mit nehmen und verschiedene Gegenstände nach der Wirklichkeit versuchen und endlich gar Theile des Steiges selber aufzeichnen könnte. Weil er mit gar niemanden im Bade zusammen kam, so konnte er seinen Gedanken um so leichter ausführen, da er durch keine Gesellschaften und Verbindungen gehindert war. Er fuhr also mit einem Buche hinaus, und saß an der sonnigen Wand und zeichnete. Dies that er öfter, die Gegenstände, die er nachbildete, gefielen ihm, und endlich fuhr er unaufhörlich hinaus. Er ging nach und nach von den Steinen und Stämmen, die er anfänglich machte, auf ganze Abtheilungen über, rükte endlich weiter in den Wald hinein und versuchte die Helldunkel. Besonders gefiel es ihm, wenn die Sonne feurig auf den schwarzen Pfad schien und ihn durch ihr Licht in ein Fahlgrau verwandelte, auf dem die Streifschatten der Bäume wie scharfe schwarze Bänder lagen. So bekam er schier alle Theile des dunkeln Pfades in sein Zeichenbuch. Aber er zeichnete nicht blos immer, sondern ging auch herum, und einmal machte er den ganzen Weg wieder durch, den er zum ersten Male bei seiner Verirrung gemacht hatte.

Als Herr Tiburius schon lange kein Narr mehr war, wenigstens kein so großer als früher, glaubten doch noch alle Leute, daß er einer sei, indem nehmlich einmal durch seinen Arzt sein Zeichenbuch zur Ansicht kam, und man darin die Seltsamkeit entdekte, daß er ganz und gar lauter Helldunkel zeichne. Freilich muß ich hier auch bekennen, daß es im gelindesten Falle doch immer sonderbar war, daß er durchaus nirgends anders hin, als zu seinem Waldsteige hinaus fuhr.

Bis hieher hatte Tiburius nie ein menschliches Wesen auf seinem Wege gesehen, aber endlich sah er auch ein solches und dasselbe ward entscheidend für sein ganzes Leben.

Es lag ein schöner langer Stein an dem Pfade, er lag schier auf der Hälfte des Weges zwischen der Wand und der Glokenwiese. Auf diesem Steine war Tiburius oft gesessen, weil er an einem sehr schönen trokenen Plaze lag, und weil man von ihm recht viele schlanke Stämme, herein blikende Lichter und abwechselnde Folgen von sanftem Dunkel sah. Als er eines Nachmittags gegen den Stein ging, um sich darauf zu sezen und zu zeichnen – saß schon jemand darauf. Tiburius hielt es von ferne für ein altes Weib, wie sie immer auf Zeichnungsvorlagen in Wäldern herum sizen, namentlich, weil er etwas weißes auf dem Pfade liegen sah, das er für einen Bündel ansah. Er ging gemach zu dem Dinge hinzu. Als er schon beinahe dicht davor stand, erkannte er seinen Irrthum. Es war kein altes Weib, sondern ein junges Mädchen, ihrer Kleidung nach zu urtheilen, ein Bauermädchen der Gegend. Das grüne Dach des Waldes, getragen von den unendlich vielen Säulen der Stämme, wölbte sich über sie und goß seine Dämmerung und seine kleinen Streiflichter auf ihre Gestalt herab. Sie hatte ein weißes Tuch um ihr Haupt, ein leichtes Dächelchen über der Stirne bildend, fast wie bei einer Italienerin. Sie hatte ein hochrothes Halstuch um, auf dem Lichterchen, wie Flämmchen, waren. Das Mieder war schwarz, und den Schoß umschloß ein kurzes faltenreiches blauwollenes Rökchen, daraus die weißen Strümpfe und die groben mit Nägeln beschlagenen Bundschuhe hervor sahen. Was Tiburius für einen Bündel angesehen hatte, war ebenfalls ein weißes Tuch, das um ein flaches Körbchen geschlungen war, um es damit tragen zu können. Aber das Tuch konnte das Körbchen nicht überall verdeken, sondern dasselbe sah an manchen Stellen sammt seinem Inhalte heraus. Dieser Inhalt bestand in Erdbeeren. Es war jene Gattung kleiner würziger Walderdbeeren, die in dem Gebirge den ganzen Sommer hindurch zu haben sind, wenn man sie nur an gehörigen Stellen zu suchen versteht.

Als Herr Tiburius die Erdbeeren gesehen hatte, erwachte in ihm ein Verlangen, einige davon zu haben, wozu ihn namentlich der Hunger, den er sich immer auf seinen Waldspaziergängen zuzog, antreiben mochte. Er erkannte aus der Ausrüstung, daß das Mädchen eine Erdbeerverkäuferin sei, wie sie gerne in das Bad kamen, und theils an den Eken und Thüren der Häuser theils in den Wohnungen selber ihre Waare zum Verkaufe ausbiethen. Im Angesichte hatte er das Mädchen gar nicht angeschaut. Er stand eine Weile in seinem grauen Roke vor ihr, dann sagte er endlich: »Wenn du diese Erdbeeren ohnehin zu Markte bringst, so thätest du mir einen Gefallen, wenn du mir auch gleich hier einen ganz kleinen Theil derselben verkauftest, ich werde sie dir gut zahlen, das heißt, wenn du auf den Verkauf hinauf noch einen kleinen Weg mit mir zur Straße hinaus gehst, weil ich hier kein Geld habe.«

Das Mädchen schlug bei dieser Anrede die Augen gegen ihn auf, und sah ihn klar und unerschroken an.

»Ich kann euch keine Erdbeeren verkaufen,« sagte sie, »aber wenn ihr nur einen ganz kleinen Theil derselben wollt, wie ihr sprecht, so kann ich euch denselben schenken.«

»Zu schenken darf ich sie nicht annehmen,« antwortete Tiburius.

»Sagt einmal, hättet ihr sie recht gerne?« fragte das Mädchen.

»Ja, ich hätte sie recht gerne,« erwiederte Tiburius.

»Nun so wartet nur ein wenig,« sagte das Mädchen.

Nach diesen Worten nestelte sie, vorwärts gebükt, den großen Knoten des Tuches über dem Körbchen auf, hüllte die Zipfel zurük, und zeigte auf dem flachen Geflechte ein Fülle gelesener Erdbeeren, die mit größter Sorgfalt und Umsicht gesucht worden sein mußten; denn sie waren alle sehr roth, sehr reif, und schier alle gleich groß. Dann stand sie auf, nahm einen flachen Stein, den sie suchte, gebrauchte ihn als Schüsselchen, legte mehrere große grüne Blätter, die sie pflükte, darauf, und füllte auf dieselben ein Häufchen Erdbeeren, so groß, als es darauf gehen mochte.

»Da!«

»Ich kann sie aber nicht nehmen, wenn du sie blos schenkst,« sagte Tiburius.

»Da ihr gesagt habt, daß ihr sie recht gerne hättet, so müsset ihr sie ja nehmen,« antwortete sie, »ich gebe sie euch auch mit sehr gutem Willen.«

»Wenn du sie mit sehr gutem Willen gibst, dann nehme ich sie wohl an,« sagte Tiburius, indem er den flachen Stein mit Vorsicht aus ihrer Hand in die seinige nahm. Er aß aber in dem ersten Augenblike nicht davon.

Sie beugte sich wieder nieder und richtete das Körbchen mit dem weißen Tuche in den vorigen Stand. Als sie sich empor gerichtet hatte, sagte sie: »So sezt euch auf diesen Stein nieder, und eßt eure Erdbeeren.«

»Der Stein ist ja dein Siz, da du ihn zuerst eingenommen hast,« antwortete Tiburius.

»Nein, ihr müßt euch darauf sezen, weil ihr esset, ich werde vor euch stehen bleiben,« sagte das Mädchen.

Tiburius sezte sich also, um ihren Willen zu thun, nieder und hielt das Steinschüsselchen mit den Erdbeeren vor sich. Er nahm mit seinen Fingern zuerst eine und aß sie, dann die zweite, dann die dritte, und so weiter. Das Mädchen stand vor ihm und sah ihm lächelnd zu. Als er nur mehr wenige hatte, sagte sie: »Nun, sind sie nicht gut?«

»Ja, sie sind vortrefflich,« antwortete er, »du hast die besten und gleichbedeutendsten zusammen gesucht. Aber sage mir, warum verkaufst du denn keine Erdbeeren?«

»Weil ich durchaus keine verkaufe,« erwiederte sie, »ich suche sehr schöne und gute, und der Vater und ich essen sie dann. Das ist so: der Vater ist alt und wurde im vorigen Frühlinge krank. Der Badedoctor schaute ihn an, und gab ihm dann einige Dinge. Er muß ein närrischer Mann sein, denn nach einer Zeit sagte er, der Vater solle nur viele Erdbeeren essen, er werde schon gesund werden. Was sollen denn Erdbeeren helfen, dachte ich, sie sind ja nur ein Nahrungsmittel, keine Arznei. Weil man es aber doch nicht wissen konnte, ging ich in den Wald und suchte Erdbeeren. Der Vater aß sie gerne und ich nahm immer einen Theil mehr aus dem Walde mit, daß auch einige für mich blieben; denn ich liebe sie auch. Der Vater ist schon lange gesund, ich weiß nicht, haben es die Erdbeeren gethan, oder wäre er es auch ohne ihnen geworden. Weil sie aber so gut sind, so gehe ich noch immer, und suche uns einige.«

»In dem Bade sind schon lange keine mehr zu haben, weil bereits Herbst ist,« sagte Tiburius.

»Wenn ihr viele Erdbeeren wollt,« erwiederte das Mädchen – – »wie heißt ihr denn, Herr?«

»Theodor heiße ich«, antwortete Tiburius.

»Wenn ihr in dieser Jahrszeit viele Erdbeeren wollt, Herr Theodor,« fuhr das Mädchen fort, »so müßt ihr in die Urselschläge hinüber gehen; denn da werden sie erst im Spätsommer reif. Jezt sind sie noch schön genug. Geht einmal hin und pflükt euch einige. In andern Zeiten sind sie wieder an andern Pläzen gut.«

Tiburius war unterdessen mit allen seinen Erdbeeren fertig geworden, und er legte das Schüsselchen mit den grünen Blättern neben sich auf den Stein.

»Ich habe an diesem Plaze nur ein wenig gerastet, und gehe jezt fort,« sagte das Mädchen.

»Ich gehe mit,« sagte Tiburius.

»Wenn ihr wollt, so geht,« antwortete das Mädchen.

Sie beugte sich auf das weiße Linnen, das das Körbchen umhüllte und zu ihren Füssen auf dem Wege stand, nieder, faßte die vier Zipfel geschikt in ihre Hand, hob sie auf, und ging, das Körbchen an ihrer Seite tragend, fort. Tiburius hob sich von seinem Size, streifte die auf den Stein gefallenen Waldnadeln von seinem grauen Roke, und ging mit.

Sie führte ihn auf dem Wege, der zu der Steinwand und zu seinem Wagen ging, hinaus. Als sie aber zu der Gabel kamen, die Herrn Tiburius zum ersten Male verführt hatte, bog sie in den wohlbetretenen Pfad ein, und ließ den zu ihrer Rechten liegen, der zu der Wand und zu Tiburius Pferden hinaus führte. Er ging neben ihr her, der Pfad lenkte in schönen dicht bestandenen Wald ein und ging in ihm fort. Das Mädchen schritt, von den tanzenden Lichtern des Waldes bald besprengt bald gemieden, in einem mäßigen Tritte fort, daß Tiburius ohne Beschwerde neben ihr gehen konnte. Als sie eine Streke zurük gelegt hatten, glaubte Tiburius den großen Stein zu erkennen, zu dem er damals gerannt war, und auf dem er stand, da er nach seinem Wagen und nach seinen Leuten gerufen hatte.

»Ich muß euch doch um etwas fragen, das ich nicht verstehe,« sagte das Mädchen, da sie so mit einander gingen.

»So frage,« antwortete Tiburius.

»Ihr habt gesagt, da ihr mir die Erdbeeren abkaufen wolltet, daß ihr kein Geld an jener Stelle hättet, wenn ich aber bis auf die Straße hinausginge, wolltet ihr mir sie dort gut bezahlen. Wie ist nun das zu verstehen? Liegt euer Geld auf der Straße?«

»Nein, das ist nur so,« antwortete Tiburius, – »aber sage mir auch, wie heißest denn du?«

»Maria heiße ich,« erwiederte das Mädchen.

»Also siehst du, Maria, das ist so: ich gehe nur öfter ganz allein in den Wald herein, um da spazieren zu gehen, mein Diener wartet auf der Straße. Da nun er alles einkauft, was wir bedürfen, und da er auch das bezahlt, was ich kaufe, so trage ich nie ein Geld mit mir, sondern er hat mein Geld und verrechnet es mir zu gesezten Zeiten.«

»Das ist ja sehr unangenehm und ein großer Umweg,« versezte das Mädchen, »sein Geld muß man ja selbst bei sich haben, und selbst kaufen und zahlen; dann braucht man keinen Andern und keine Rechnung.«

»Das ist wohl wahr,« sagte Tiburius, »und du hast Recht, aber es ist auch schon so Sitte geworden.«

»Eine Sitte, die närrisch ist,« antwortete das Mädchen, »würde ich gar nicht mehr befolgen.«

So gingen sie unter verschiedenen Fragen und Antworten fort. Sie gingen eine geraume Weile in dem Walde. Endlich lichtete er sich, die Bäume standen dünner, Wiesen zeigten sich hie und da, und der Pfad lief durch dieselben hin, dem tiefern Gebirge zu. An einer schönen Stelle, wo Laubbäume standen, und mehrere sonnenbeglänzte Steine lagen, bog Maria von dem Pfade ab, und auf ein dünnes feines Weglein, das über eine Matte hinauf ging, zeigend, sagte sie: »Hier geht man zu unserem Hause hinauf, wenn ihr mit kommen wollt, seid ihr eingeladen.«

»Ich gehe schon mit,« antwortete Tiburius.

Sie schritt also voran, und er folgte. Da sie in Windungen, weil die Matte bedeutend steil war, nicht gar so weit gegangen waren, zeigte sich das Haus. Es stand in einer breiten bequemen Mulde des Abhanges, der in einem Halbkreise etwas weiter von dem Hause eine Steinwand bildete, die das Haus von allen Seiten, außer der des Mittags, wohin die Fenster gingen, schüzte. Darum war es auch möglich, daß viele Obstbäume um das Haus standen und ihre Früchte zeitigen konnten, während doch in der ganzen Gegend, und insbesonders in der Höhe dieser Matte keine günstigen Bedingungen für Obst sind. Tiefer gegen die Wand hin standen auch Bienenstöke. Der Größe nach gehörte das Haus eher zu den kleineren der Art, wie sie gerne in jenem Theile der Gebirge liegen. Maria ging voran über die Schwelle der offen stehenden Hausthür, Tiburius ging hinter ihr. Sie führte ihn an der Küche, in welcher eine Magd scheuerte, vorüber in die Wohnstube, die von dem durch die Fenster herein fallenden Sonnenlichte hell erleuchtet war. An dem weißen buchenen Tische der Stube saß der Vater Maria's, der einzige Bewohner der Stube und des Hauses, da die Mutter des Mädchens schon lange gestorben war. Sie stellte das Erdbeerkörbchen

vorerst in einen Winkel der Bank und rükte für Tiburius einen Stuhl
zu dem Tische und lud ihn zum Sizen ein, indem sie dem Vater
erzählte, daß sie den Herrn da im Schwarzholze gefunden habe,
und daß er mit ihr herauf gegangen sei. Hierauf breitete sie ein
weißes Tüchlein auf den Tisch, stellte drei Tellerchen, für den Vater,
für Tiburius und sich darauf, und brachte dann die Erdbeeren, in
eine bemalte hölzerne Schüssel geleert, herbei. Die Magd stellte
auch Milch hin, mit welcher der Vater von den für ihn gebrachten
Früchten aß. Tiburius nahm nur äußerst wenig, und Maria sagte,
daß sie sich ihren Antheil für Abends aufhebe.

Nachdem Tiburius eine Weile mit dem Manne, der noch nicht gar
alt war, sondern an der Schwelle des Greisenalters stand, über verschiedenes geredet hatte, erhob er sich von seinem Stuhle, um fort
zu gehen. Maria sagte, sie wolle ihn bis an die Straße geleiten, auf
welcher er dann nur fort zu gehen brauche, um zu seinem Diener
zu gelangen.

Das Mädchen führte ihn nun auf einem andern eben so feinen
Wege über die Matte hinab. Sie bogen gleich unterhalb des Hauses
um die Steinwand der Mulde und gingen an deren sanfter Außen-
seite schräge hinab, gerade der Richtung entgegengesezt, in der sie
gekommen waren. Nach einer kleinen Zeit kamen sie in die Tiefe
des Thales, und in demselben eine Weile unter Gebüschen und
Bäumen fortgehend, gelangten sie auf die Straße.

»Wenn ihr nun in dieser Richtung hin fort geht, sagte sie, so müßt
ihr an die Stelle kommen, wo euer Diener steht, wenn ihr nehmlich
auf dem kleinen Pfade an der Andreaswand in das Schwarzholz
hinein gegangen seid, und ihn dort an der Straße stehen gelassen
habt.«

»Ja ich bin dort hinein gegangen,« antwortete Tiburius.

»So lebt nun wohl, ich gehe nach Hause zurük. Weil ihr vielleicht
gar nicht einmal in die Urselschläge hinüber finden würdet, so will
ich euch dieselben zeigen, wenn ihr übermorgen um zwölf Uhr-
Läuten auf dem Steine auf mich warten wollt, wo ihr mich heute
angetroffen habt. Ihr könnt euch dann genug Erdbeeren pflüken;
denn ich werde euch auch die Pläze zeigen, wo sie jezt gerade am
meisten sind.«

»Ich danke dir recht schön, Maria,« antwortete Tiburius, »daß du mich beschenkt und nun hieher geführt hast, ich werde gewiß kommen.«

»Nun so kommt,« erwiederte das Mädchen, indem es sich umwandte, und schon unter den Gebüschen wieder davon ging.

Tiburius schritt auf der Straße in der bezeichneten Richtung fort. Er ging ziemlich lange, bis er endlich seinen Wagen und seine Leute stehen sah. Diese gaben, als er bei ihnen war, ihre Verwunderung zu erkennen, daß sie ihn heute nicht auf seinem Fußpfade, sondern auf der Straße daher kommen sahen. Er aber sagte keine Ursache, sondern saß in den Wagen, und fuhr in das Bad zurük. Auch in dem Badeorte sagte er keinem Menschen etwas von dem Begegniße und daß er in dem Gebirgshause auf der Mulde gewesen sei.

Aber am zweiten Tage darauf fuhr er schon Vormittags zu seiner gewöhnlichen Stelle hinaus. Er stieg aus, ließ den Wagen stehen, und schlug den Pfad gegen seine bekannte Steinwand ein. Er ging an ihr vorüber, er ging gegen die Buchen, schritt auf den Waldsteig, und ging auf ihm fort, bis er zu dem vertragsmäßigen Steine gelangte. Auf denselben sezte er sich nieder und blieb sizen. Man konnte wohl in diese Entfernung und Wildniß keine Mittagsgloke hören, aber die Zeit, in welcher sie alle auf den Thürmen und Thürmlein des Landes tönen müssen, kannte Tiburius sehr wohl; denn er hatte die Uhr in der Hand; – und als diese Zeit gekommen war, sah er auch schon Maria in der Waldesdämmerung genau so wie gestern gekleidet auf sich zu gehen.

»Aber wie weißt du denn, daß es jezt gerade Mittag ist, da man nicht läuten hört, und da ich keine Uhr bei dir sehe?« sagte Tiburius, als das Mädchen bei ihm angekommen war und stehen blieb.

»Habt ihr vorgestern nicht die Uhr mit den langen Schnüren in unserer Stube hängen gesehen?« antwortete sie, »diese geht sehr gut, und wenn sie auf eilf zeigt, gehen wir zum Mittagsessen, dann richte ich mich zum Erdbeersammeln zusammen, und wenn ich auf den Zeiger schaue, ehe ich fort gehe, weiß ich genau, wann ich hier eintreffen werde.«

»Heute bist du ganz zu der versprochenen Zeit gekommen,« sagte er.

»Ihr auch,« antwortete sie, »das ist gut; nun aber kommt, ich
werde euch führen.«

Tiburius stand von dem Steine auf. Er hatte wieder seinen grauen
Rok an, und so gingen sie, das Mädchen in der oben beschriebenen
Kleidung, er in seinem grauen Roke, durch den Wald dahin. Sie
hatte wieder das flache Körbchen mit dem weißen Tuche darum,
aber da es leer war, hing es lose an ihrem Arme. Sie führte Herrn
Tiburius eine gute Streke auf dem Waldpfade fort, den er kannte,
der ihm einmal so Angst eingejagt hatte, und der jezt so schön war.
Als sie in das hohe Tannicht gekommen waren, wo die Pflöke über
den Weg liegen, beugte Maria von dem Pfade ab und ging in das
Gestein und in die Farrenkräuter hinein. Tiburius hinter ihr her. Sie
führte ihn ohne Weg, aber sie führte ihn so, daß sie auf trokenen
Steinen gingen und das Naß, welches in dem Moose und auf dem
Pfade war, vermieden. Später kamen sie auf trokenen Grund. Zuweilen war es, wie ein schwach erkennbarer Weg, worauf sie gingen, zuweilen war es nur das rauschende Gestrippe, die Steine und
das Gerölle eines dünn bestandenen Waldes, durch den sie gingen.
Nach mehr als einer Stunde Wandelns kamen sie auf einen Abhang,
der weithin von Wald entblößt war und durch die unzähligen noch
deutlichen Stöke zeigte, daß die Bäume erst vor wenig Jahren um-
geschnitten worden waren. Der Abhang blikte gegen Mittag, war
von warmer Herbstsonne beschienen und von Bergen und Felsen so
umstanden, daß keine rauhe Luft herein wehen konnte. Es wuchs
allerlei Gebüsche und Geblüme auf ihm, und man konnte vielfach
das Kraut der Erdbeeren um die Stöke geschart erbliken.

»Wir wollen nun hier in dem Urselschlage hinab sammeln,« sagte
Maria, indem sie über dieses seltsame Baumschlachtfeld hin wies,
»und wir werden nach einer Weile sehen, wer mehr hat.«

Nach diesen Worten ging sie schnell von der Seite Tiburius in den
Holzschlag und in das sonnige Gestrippe hinein, und in einiger Zeit
konnte er schon sehen, wie sie sich hier und dort büke, und etwas
auflese. Das Körbchen mußte sie irgendwo hingestellt haben; denn
er sah nicht mehr, daß sie es noch am Arme habe.

Er wollte nun also auch Erdbeeren pflüken, allein er sah keine. Wo er stand, war alles grün oder braun oder anders – nur keinen einzigen rothen Punkt konnte er erbliken, der eine Erdbeere angedeutet hätte. Er ging also weiter in den Schlag hinein. Jedoch hier sah er wieder nur das grüne Erdbeerkraut, allerlei braune und gelbliche Blätter, herabgefallene Baumrinde, und ähnliches: aber keine Erdbeere. Er nahm sich also vor, noch weiter zu gehen und noch genauer zu schauen. Es muß ihm auch gelungen sein; denn nach einer Weile hätte man schon sehen können, wie er sich bükte, und wieder bükte. Es war ein seltsamer Anblik, die zwei Wesen in dem gemischten Gestrippe des Holzschlages zu sehen. Das flinke geschikte Mädchen, welches sich gelenk zwischen den Zweigen bewegte, und den Mann in seinem grauen Roke, dem man es gleich ansah, daß er aus der Stadt hieher in den Wald gekommen sei.

Nach einiger Zeit sah Maria ihren Begleiter stehen, wie er einige Erdbeeren, die er gepflükt hatte, auf der flachen Hand hielt. Sie ging in Folge dieser Beobachtung zu ihm hin und sagte: »Seht, da habt ihr euch kein Körbchen oder anderes Gefäß zum Sammeln der Beeren mit genommen – wartet, ich will euch helfen.«

Nach diesen Worten zog sie ein Messer aus der Tasche ihres Rökchens, ging ein kleines Hügelchen, auf dem eine junge weißstämmige Birke stand, empor, und lösete von dem Stamme mit geschikten Schnitten ein Vierek aus der Rinde, das so weiß, so kräftig und so zart war, wie ein Pergament. Mit dem Viereke ging sie wieder zu Tiburius, schnitt aus dem Gebüsche, das neben ihm war, einige schlanke Zweige ab, puzte sie glatt aus, that in die zarte Rinde einige Schnitte, und machte so aus dem Viereke und aus den Zweigen eine niedliche Tasche, welche nicht nur recht schön die Erdbeeren aufzunehmen fähig war, sondern auch noch den Vortheil hatte, daß sie auf den durchgezogenen Zweigen wie auf Füßen stand.

»So,« sagte Maria, »da habt ihr jezt ein Körbchen, pflükt fleißig hinein, ich werde indessen auch in dem meinigen ungesäumt nachfüllen, und wenn ihr fertig seid und etwa ein zweites braucht, so dürft ihr nur rufen.«

Sie ging von ihm weg wieder auf ihren Plaz, und förderte ihr Werk – Tiburius auch.

Als sie so viel hatte, wie sie gewöhnlich zu sammeln pflegte, ging sie zu Tiburius, und sah, daß er sein winzig kleines Körbchen auch beinahe voll hatte. Sie wandte sich nach einigen Seiten, um zu suchen, damit er doch auch sein Gefäß voll habe. Dann brachte sie ihm die gefundenen auf grünen Blättern, und füllte sie ihm in sein Rindentäschchen.

»So,« sagte sie, »nun haben wir beide unsere Geschirre voll und jezt gehen wir.«

Sie gingen nun wieder in derselben fast lächerlichen Art zurük, wie sie hereingekommen waren; nehmlich durch Gestripp, Farrenkräuter und Steine, ohne Weg, das Mädchen voran und Tiburius in dem grauen Roke hinter ihr. Sie führte ihn mit derselben Sicherheit wieder auf seinen Waldsteig zurük, mit der sie ihn zu den Urselschlägen hinab geführt hatte. Als sie zu der Stelle kamen, wo die Wege sich trennten, sagte sie: »Ihr könnt jezt da zu der Andreaswand hinaus gehen, da habt ihr näher in das Bad, ich gehe wieder links durch den Wald nach Hause. Lasset euch eure Erdbeeren wohl schmeken. Ihr könnt auch Zuker dazu nehmen, sogar auch Wein. Wenn ihr wieder kommt, nehmt ein Messer mit und macht euch ein viel größeres Körbchen als das heutige ist. Wollt ihr mit mir sammeln gehen, so kommt nur wieder übermorgen; ich gehe jeden zweiten Tag, so lange das jezige schöne Wetter dauert; wenn es einmal regnet, so sind in dieser Jahreszeit alle Erdbeeren verdorben, und ich gehe nicht mehr hinaus. Jezt lebt recht wohl.«

»Lebe wohl, Maria,« antwortete Tiburius.

Sie ging, ihr Körbchen mit dem weißen Tuche im Waldesdämmer gerade so tragend wie neulich, auf ihrem Wege links, Tiburius ging rechts, und fuhr dann, sein Erdbeerkörbchen im Wagen vor sich her haltend, in den Badeort zurük. Da sie ihn so ankommen sahen, und da die Geschichte, wie er mit einer Birkenrindentasche Erdbeeren sammeln gegangen, und dann so zurük gefahren sei, sich auch in die nächsten Häuser verbreitet hatte, gab es wieder viel lustiges Gelächter: Tiburius aber wußte nichts davon, er ließ sich gegen Abend von seinem Diener sehr schöne Teller geben, und aß die gesammelten Erdbeeren. Er nahm keinen Wein dazu.

Von nun an war er noch zwei Male mit ihr. Das erste Mal machte er sich wirklich mit seinem Messer, das er mit nahm, eine ziemlich

große Tasche aus Birkenrinde, die er zur Hälfte mit Erdbeeren voll
las: das zweite Mal hielt er doch diese Beschäftigung für zu kin-
disch, und saß, während Maria ihre Erdbeeren pflükte, mit einem
Buche auf einem Stoke und las. Er ging dieses lezte Mal auch wieder mit ihr zu ihrem Vater, und saß in seinem ewigen grauen Roke,
den er lieb gewonnen hatte, geraume Zeit mit dem Manne auf der
Bank vor dem Hause und redete mit ihm; denn der Tag war sehr
schön, und die Herbstsonne legte ihre Strahlen so warm auf die
Mittagseite des Hauses, daß sogar die Fliegen um die zwei Männer
scherzten und lustig waren, als wäre es mitten im Sommer. Dann
ging er allein, weil er jezt den feinen Pfad über den Hügel hinab
schon wußte, auf die Straße und zu seinen Pferden.

Dieser freundliche warme Tag war wirklich der lezte schöne gewesen, wie es im Gebirge sehr oft, man könnte fast sagen, immer vorkömmt, daß, wenn im Spätherbste eine gar laue und warme Zeit ist, sie gewöhnlich als Vorbote erscheint, daß nun die Stürme und die Regen eintreten werden. Von der schönen duftigen Wand, die Tiburius immer von seinem Fenster aus gesehen hatte, und von der er sich anfangs gleich nach seiner Ankunft gewundert hatte, daß die Steine gar so hoch oben auf ihr hervorstehen, kam jezt nicht mehr der schöne blaue Duft zu ihm herüber, sondern sie war gar nicht mehr sichtbar, und nur graue wühlende Nebel drehten sich unaufhörlich von jener Gegend her, als würden sie aus einem unermeßlichen Sake ausgeleert, der aber nie leer werden wolle; aus den Nebeln fuhr ein unabläßiger Wind gegen die Häuser des Badeortes, und der Wind brachte einen feinen prikelnden Regen, der entsezlich kalt war. Tiburius wartete einen Tag, er wartete zwei, er wartete mehrere – allein da der Badearzt selber sagte, daß jezt wenig Hoffnung vorhanden sei, daß noch milde und der Heilung zuträgliche Tage kämen, ja daß diese Zeit eher den Fremden schädlich als nüzlich werden könne: ließ er seinen Reisewagen paken, und fuhr nach Hause. Ein paar Tage vorher, da er gerade im Aufräumen begriffen war, war der Holzknecht bei ihm gewesen, der ihm damals in der Nacht den Weg von dem Schwarzholze nach Hause gezeigt hatte, und hatte ihm den anvertrauten Stok gebracht. Er sagte, daß er eher gekommen wäre, wenn er gewußt hätte, daß der Knopf von Gold sei, er habe es erst gestern erfahren. Tiburius antwortete, das mache nichts, und er wolle ihm für seinen Dienst mehr geben, als der Knopf sammt dem Stoke werth wäre. Er hatte ihm die Belohnung eingehändigt, und der Knecht war unter sehr vielen Danksagungen fort gegangen.

In der Gegend, in welcher Tiburius Landhaus stand, waren noch recht schöne, wenn auch meistens sanft umwölkte Tage. Herr Tiburius fuhr zu dem kleinen Doctor hinaus, der in seinem Garten die klappernden Vorrichtungen hatte, und seine Pflanzenanlagen immer erweiterte. Der Doctor empfing Herrn Tiburius wie gewöhnlich, er redete mit ihm, und sagte ihm aber nichts, ob er ihn besser oder übler aussehen finde. Herr Tiburius erzählte ihm, daß er in dem Bade gewesen sei, und daß es ihm bedeutend gut gethan habe. Von dem Leben und Treiben des Bades, und was sich sonst in demselben ereignet haben könnte, erzählte er ihm nichts. Er stand an den Pflanzenbehältnissen und der Doctor wirthschaftete troz der vorgerükten Jahreszeit noch immer ohne Rok herum. Ehe der Schnee kam, war Tiburius noch wiederholt bei dem Doctor gewesen.

Im Winter nahm er einmal hohe Stiefel und einen warmen rauhen Rok und versuchte im Schnee spazieren zu gehen. Es gelang, und er that es dann noch mehrere Male.

Als aber die Sonne ihre Strahlen im Frühlinge wieder warm und freundlich herab fallen ließ, und als sich Tiburius aus seinen Büchern, welche von dem Bade handelten, überzeugt hatte, daß jezt dort auch schon die wärmere Jahreszeit angebrochen sei, rüstete er wieder seinen Reisewagen und fuhr nach dem Bade ab. Da er zu den Leuten gehörte, welche immer gerne bei dem Alten und einmal Gewohnten bleiben, hatte er schon in dem vorigen Herbste, ehe er nach Hause fuhr, die bisher besessene kleine Wohnung für den ganzen künftigen Sommer von seinem alten Wirthe gemiethet.

Als er dort angekommen war, als man alles ausgepakt hatte, als die seidenen Chinesen vor seinem wohlgeordneten Bette prangten, ging er daran, sich für den heurigen Sommer einzurichten. Er legte sich die schönen Zeichenbücher, die er für dieses Mal mitgebracht hatte, auf das Tischlein, auf das die blaue Wand jezt recht freundlich herein schaute, er legte die Päkchen Bleistiften dazu, die er vorgerichtet hatte, und er fügte noch die niedlichen Kästchen bei, in denen die feinen Feilen befestiget waren, an welchen er die Zeichenstiften spizte. Zulezt, da alles geschehen war, ließ er auch den Arzt rufen, um mit ihm über sein bevorstehendes Verhalten etwas zu sprechen.

Als alles in Ordnung war, fuhr er zu der Andreaswand hinaus. Sie prangte in vollem Frühlingsschmuke. Die Gestrippe, die Blätter und die Pflanzen aller Art hatten jezt das herrliche lachende Grün statt dem Braun und Gelb des vorigen Herbstes, und es leuchtete daraus manches feurige Blau und Roth und Weiß emporgeblühter Blumen heraus. Der Wald hatte das jugendliche hellgrüne Ansehen, und selbst aus manchem liegenden Strunke, der im vorigen Jahre nur dürres Holz geschienen hatte, standen frisch aufgeschossene beblätterte Triebe empor. Nur Erdbeeren, dachte er, werden wohl noch gar keine in dieser Jahreszeit sein.

Er stand eine Weile und ging herum und schaute. Da er das zweite Mal hinaus gekommen war, zeichnete er, und ging dann tief in seinen Waldpfad hinein. Es war auch hier alles anders: der Pfad schien enger, weil überall die Gräser hinzu wuchsen; und die Bäume und Gesträuche hatten lange Ruthen und Zweige nach allen Richtungen hervor geschossen. Selbst die Steine, die er sehr wohl kannte, hatten manches lichte Grün, und auf verschiedenen Stellen, wo nur ein dürftiges Pläzchen zu gewinnen war, stand sogar ein Blümchen empor.

Als auf diese Weise einige Zeit vergangen war, als viele recht schöne Tage über das Gebirge und über das Thal gingen, als er sogar schon einmal durch das ganze Schwarzholz bis hinaus zu dem Anblike der Schneefelder und von da wieder zurük gewandert war, geschah es eines Tages, da er eben mit seinen Zeichenbüchern und mit dem grauen Roke auf dem Pfade schlenderte, daß Maria leibhaftig gegen ihn daher ging. Ob sie gekleidet war, wie im vergangenen Jahre, ob anders, das wußte er nicht, denn er hatte es sich nicht gemerkt – daß er selber ganz und gar der nehmliche war, wußte er auch nicht, weil er nie daran dachte.

Als sie ganz nahe gekommen war, blieb er stehen, und sah sie an. Sie blieb gleichfalls vor ihm stehen, richtete ihre Augen auf ihn und sagte: »Nun, seid ihr schon wieder da?«

»Ja,« sagte er, »ich bin schon seit längerer Zeit in dem Bade, ich bin auch schon oft hier heraus gekommen, habe dich aber nie gesehen, natürlich, weil noch gar keine Erdbeeren sind.«

»Das thut nichts, ich komme doch öfter heraus,« antwortete Maria, »denn es wachsen verschiedene heilsame und wohlschmekende Kräuter, die im Frühlinge sehr gut sind.«

Nach diesen Worten richtete sie ihre hellen Augen erst noch recht klar gegen die seinen und sagte: »Warum seid ihr denn damals falsch gewesen?«

»Ich bin ja gar nicht falsch gewesen, Maria,« antwortete er.

»Ja ihr seid falsch gewesen,« sagte sie. »Welchen Namen man von
Geburt an hat, der ist von Gott gekommen, und den muß man be-
halten wie seine Eltern, sie mögen arm oder reich sein. Ihr heißet
nicht Theodor, ihr heißet Tiburius.«

»Nein, nein, Maria,« antwortete er, »ich heiße Theodor, ich heiße wirklich Theodor Kneigt. Die Leute haben mir den Namen Tiburius aufgebracht, er kam mir schon ein paar Male zu Ohren, und ein Freund zu Hause nennt mich unaufhörlich so – wenn du meinen Worten nicht glaubst, so kann ich es dir beweisen – warte, ich habe einige Briefe bei mir, auf welchen die Aufschrift auf meinen Namen gemacht ist – und wenn du dann auch noch zweifelst, so kann ich dir morgen mein Taufzeugniß weisen, in welchem mein Name unwiderleglich steht.«

Bei diesen Worten griff er in die Brusttasche seines grauen Rokes, in der er mehrere Papiere hatte. Maria aber faßte ihn an dem Arme, hielt ihn zurük und sagte: »Lasset das, ihr braucht es nicht. Weil ihr es gesagt habt, so glaube ich es schon.«

Er ließ mit einigem Zögern die Papiere in der Tasche, zog die leere Hand heraus, und Maria ließ dann mit der ihrigen seinen Arm los.

Nach einer Weile fragte Herr Tiburius: »Also hast du mir in dem Bade nachgeforscht?«

Maria schwieg ein wenig auf die Frage, dann sagte sie: »Freilich hab ich euch nachgeforscht. Die Leute sagen auch noch andere Dinge – sie sagen, daß ihr ein sonderbarer und närrischer Mensch seid – aber das thut nichts.«

Nach diesen Worten richtete sie sich zum Gehen. Herr Tiburius ging mit ihr. Sie sprachen von dem Frühlinge, von der schönen Zeit; und wo der Weg die Gabel bildet, trennten sie sich – ihr Pfad ging links in die Waldestiefe hinunter, der seinige rechts gegen die Wand.

Herr Tiburius ging nun auch einmal auf den Muldenhügel hinauf, wo das Häuschen ihres Vaters stand, und nach diesem ersten Besuche kam er öfter, indem er die Pferde und die Leute auf dem gewöhnlichen Plaze der Straße auf sich warten ließ. Er saß bei dem Vater und redete von verschiedenen Dingen mit ihm, wie sie dem Manne eben einfielen, – und er redete auch mit Maria, wie sie in dem Hause so herumarbeitete, oder, wenn sie in der Stube waren, zu ihnen an den Tisch trat und zuhorchte – oder, wenn sie auf der Gassenbank saßen, daneben stand, die Hand an das Angesicht hielt, und auf die fernen Berge oder auf die Wolken hinaus schaute. Der Vater verzärtelte das Mädchen, er ließ sie arbeiten, was sie wollte, oder er ließ sie auch, wenn es ihr gefiel, fort wandern und müssig in dem Walde herum gehen. Zuweilen begleitete sie den Herrn Tiburius ein Stükchen auf dem Hügel, und machte sich gar nichts daraus, ihm zu sagen, wann sie wieder in den Wald käme, damit sie dort zusammen träfen.

Herr Tiburius versäumte diese Gelegenheiten nicht, sie gingen mit einander herum, sie pflükte die Kräuter in ihr Körbchen, zeigte ihm manche von ihnen auf ihrem Standorte und nannte ihm die Namen derselben, wie sie nehmlich in ihrer ländlichen Sprache gebräuchlich waren.

Endlich zeigte ihr Tiburius seine Zeichenbücher. Er hatte erst spät vermocht, dieses zu thun. Er schlug die Blätter auf, und wies ihr, wie er manche Gegenstände des Waldes und der Wand mit feinen spizigen Stiften nachbilde. Sie nahm den lebhaftesten Antheil an der Sache, und gerieth in ein sehr großes Entzüken, daß man mit nichts als ledigen schwarzen Strichen so getreu und lieblich und wahrhaftig, als ob sie da ständen, die Gegenstände des Waldes nachbilden könne. Sie saß von nun an, wenn er zeichnete, bei ihm, schaute sehr genau zu, und ließ die Blike auf die Gegenstände und auf die Linien des Buches hin und her gehen.

Nach einer Zeit redete sie sogar schon darein und sagte oft plözlich: »Das ist zu kurz – das steht draußen nicht so.«

Er erkannte es jedes Mal als recht, was sie sagte, nahm Federharz, löschte die Striche aus, und machte sie, wie sie sein sollten.

Zuweilen begleitete er sie nach solchen Stunden zu ihrem Vater, zuweilen ging sie mit ihm bis an die Steinwand. Von seinem Wagen, und daß seine Diener auf ihn draußen warteten, sagte er ihr nichts.

So verging ein geraumer Theil des Sommers.

Eines Nachmittags, als schon längstens wieder Erdbeeren waren, als er an der Steinwand saß und zeichnete, als sie, das volle Erdbeerkörbchen neben sich gestellt, hinter ihm in den Steinen saß und zuschaute, als eine langstielige hohe Feuerlilie neben ihnen prangte, sagte er: »Wie kommt es denn, Maria, daß du dich in dem Walde gar nicht fürchtest, und daß du von dem Augenblike an, da wir zum ersten Male zusammen getroffen sind, auch mich gar nicht gefürchtet hast.«

»Den Wald habe ich nicht gefürchtet,« antwortete sie, »weil ich gar nicht weiß, was ich fürchten sollte – ich bin von Kindheit auf da gewesen, und kenne alle Wege und Gegenden, und weiß nicht, was zu fürchten wäre. Und euch habe ich nicht gefürchtet, weil ihr gut seid, und weil ihr anders seid, als die andern. «

»Ja wie sind denn die andern?« fragte Herr Tiburius.

»Sie sind anders,« antwortete Maria. »Ich bin früher zuweilen in das Bad hinein gegangen, wie es hier schier alle thun, um mancherlei Gegenstände zu verkaufen – aber dann ging ich gar nicht mehr hin, als wenn die fremden Leute schon alle weg waren; denn sie haben mich immer – und darunter waren Männer, denen es gar nicht ziemte – an den Wangen genommen und gesagt: »Schönes Mädchen.««

Herr Tiburius legte nach diesen Worten seinen Stift in das Zeichenbuch, that das Buch zu, kehrte sich auf seinem Steine um, und schaute sie an. Er erschrak ungemein; denn sie war wirklich außerordentlich schön, wie er in dem Augenblike bemerkte. Unter dem Tüchlein, das sie immer auf dem Haupte trug, quollen sanft gescheitelt die dunkelbraunen Haare hervor und zeigten in ihren zwei Abtheilungen die feine schöne Stirne noch feiner und schöner, überhaupt war das ganze Angesicht troz der frischen und gesunden Farbe unsäglich fein und rein, was durch die groben Kleider, die sie gewöhnlich an hatte, noch eher gehoben als gefährdet wurde. Die Augen waren sehr groß, sehr dunkel und glänzend, sie schauten den Menschen, wenn sie aufgeschlagen waren, sehr offen an, und waren, wenn sie sich nieder schlugen, von den langen holden Wimpern demüthig bedekt. Die Lippen waren roth und die Zähne weiß. Ihre Gestalt zeigte selbst jezt, da sie saß, die dem Antlize entsprechende Größe und war schlank und sanft gebildet.

Herr Tiburius, da er sie so angesehen hatte, wendete sich wieder um, that sein Buch wieder auf, und zeichnete weiter. Aber er zeichnete nicht mehr gar lange, sondern sagte halb zu Maria zurük gewendet: »Ich höre heute lieber auf.«

Er stekte den Stift in die Hülse, welche an dem Zeichenbuche angebracht war, er that das Buch zu und schnallte es zusammen, er stekte die Sachen, die herum lagen, zu sich und stand auf. Maria erhob sich ebenfalls aus dem Gesteine, in welchem sie gesessen war, und richtete ihr Körbchen zusammen. Dann gingen sie, er sein Zeichenbuch unter dem Arme, sie ihr volles Körbchen an der Hand tragend, mit einander fort. Sie gingen von der Wand nicht gegen die Straße zu, sondern gegen den Wald, weil sie Tiburius bis an die Stelle begleiten wollte, wo ihr Pfad in dem Dikicht seitwärts lenkte, um gegen den Hügel zu gehen, auf dem das Haus ihres Vaters stand.

Als sie an der Stelle angekommen waren, blieben sie stehen und Maria sagte: »Lebt recht wohl, und vergeßt nicht, übermorgen zeitlich genug zu kommen; denn jezt stehen die Erdbeeren in den Thurschlägen unten, wohin es viel weiter ist. Ihr könntet ja dann auch wieder einmal zu dem Vater mitgehen, ich richte euch beiden die Erdbeeren zurecht, daß ihr sie esset. Jezt gute Nacht.«

»Gute Nacht, Maria, ich werde kommen,« antwortete Tiburius, und wandte sich gegen seine Wand zurük.

Sie aber vertiefte sich zwischen den Zweigen und Stämmen der Tannen.

Herr Tiburius kam an dem Tage, wie er versprach, sie aber war schon da und wartete auf ihn. Da sie ihn ansichtig wurde, lachte sie und sagte: »Seht, ihr seid doch zu spät gekommen, ich bin heute genau nach unserer Uhr fort gegangen und bin früher eingetroffen, als ihr. Jezt müßt ihr mit mir in die Thurschläge hinunter gehen, und dann müßt ihr mit zu dem Vater, und müßt von den Erdbeeren essen.«

Tiburius ging mit ihr in die Thurschläge, er blieb dort, so lange sie Erdbeeren pflükte, ging dann mit ihr zu ihrem Vater und aß die Erdbeeren, die sie den Männern auf die gewöhnliche Weise herrichtete, während sie die ihrigen auf einem abgesonderten grünen Schüsselchen aß.

Allein Herr Tiburius war von jezt an viel scheuer und schüchterner als zuvor.

Er erschien jedes Mal, wenn sie sich in dem Walde zusammen bestellten; sie gingen mit einander herum, wie zuvor; aber er war zurükhaltender als sonst, er umging mit Aengstlichkeit das Wörtchen Du, daß er es nicht zu oft sagen mußte, und manchmal, wenn sie es nicht bemerkte, sah er sie verstohlen von der Seite an, und bewunderte einen Zug ihrer Schönheit.

So verging der lezte Theil des Sommers, und es erschien der Herbst, an welchem es gerade ein Jahr war, daß er sie kennen gelernt hatte.

Da geschah es eines Abends, daß dem Herrn Tiburius unter den vielen Gedanken, die ihm jezt seltsam, und ohne daß er oft ihren Ursprung kannte, in dem Haupte herum gingen, auch der kam: »Wie wäre es, wenn du Maria zu deinem Weibe begehrtest?«

Als er diesen Gedanken gefaßt hatte, wurde er fast aberwizig vor Ungeduld; denn es war ihm, als müßten alle unverheiratheten Männer des Badeortes den heißesten und sehnsüchtigsten Wunsch haben, Maria zu ehlichen. Er war heute nicht bei ihr und ihrem Vater gewesen: wie leicht konnte einer in der Zeit hinaus gefahren sein, und um sie geworben haben. Er begriff den Leichtsinn nicht, mit welchem er den ganzen Sommer an ihrer Seite gewesen war, ohne diesen Zwek in das Auge gefaßt, und Mittel zur annähernden Verwirklichung desselben eingeleitet zu haben.

Er ließ daher am andern Tage früh Morgens anspannen, und fuhr so weit auf der Straße hinaus, als es ohne Aufsehen möglich war, worauf er dann auf dem Fußwege durch das Gestrippe über den Hügel zu dem Häuschen hinauf wanderte. Er hatte die Badeordnung, die er überhaupt schon vernachläßigte, auf die Seite gesezt.

Da sich Vater und Tochter verwunderten, warum er denn heute so früh komme, konnte er eigentlich keinen Grund angeben. Maria blieb gerade darum, weil er da war, immer in der Stube. Als sie aber einmal doch, um irgend ein häusliches Geschäft zu besorgen, hinaus ging, trug er dem Vater sein Anliegen vor. Da sie wieder herein gekommen war, sagte dieser zu ihr: »Maria, unser Freund da, der uns in diesem Sommer so oft und so nachbarlich besucht hat, begehrt dich zu seinem Weibe – wenn du nehmlich selber, wie er sagt, recht gerne einwilligst, sonst nicht.«

Maria aber stand nach diesen Worten wie eine glühende Rose da. Sie war mit Purpur übergossen und konnte nicht ein einziges Wort hervor bringen.

»Nun, nun, es wird schon gut werden,« sagte der Vater, »du darfst jezt keine Antwort geben, es wird schon alles gut werden.«

Als sie auf diese Worte hinaus gegangen war, als Herr Tiburius, dem es beim Herausfahren nicht eingefallen war, daß er Belege über seine Person mitnehmen müsse, zu dem Vater gesagt hatte, er werde ihm alles, was ihn und seine Verhältnisse angehe, bringen, in so ferne er es hier habe, und um das Fehlende werde er sogleich schreiben, als er sich hierauf bald entfernt hatte, und der Vater zu Maria, die auf dem hintern Gartenbänkchen saß, hinaus gegangen war, sagte diese zu ihm: »Lieber Vater, ich nehme ihn recht, recht, recht gerne; denn er ist so gut, wie gar kein einziger anderer ist, er ist von einer solchen rechtschaffenen Artigkeit, daß man weit und breit mit ihm in den Wäldern und in der Wildniß herum gehen könnte, auch trägt er nicht die närrischen Gewänder, wie die andern in dem Badeorte, sondern ist so einfach und gerade hin gekleidet, wie wir selber: aber das Einzige fürchte ich, ob es denn wird möglich sein, ich weiß nicht, wer er ist, ob er ein Häuschen oder sonst etwas habe, womit er ein Weib erhalten könne, und als ich in dem Badeorte war, und um ihn fragte, vergaß ich gerade um solche Dinge zu fragen.«

»Sei wohl über diese Sache ruhig,« antwortete der Vater, »er ist ja die ganze Zeit, da er uns besuchte, so eingezogen und redlich gewesen, seine Worte waren verständig und einleuchtend und immer sehr höflich. Er wird daher doch nicht um ein Weib anhalten, wenn er nicht hätte, was sich ziemt. Der Mensch kann mit Wenigem zufrieden sein, so wie mit Vielem.«

Maria war durch diese Worte überzeugt und beruhigt.

Als am andern Tage Tiburius kam, sagte ihm der Vater gleich beim Eintritte, daß Maria eingewilligt habe. Tiburius war voll Freude darüber, er wußte gar nicht, was er thun und was er nur beginnen solle. Erst in der nächsten Woche, als ihm Maria selber, da sie auf der Gassenbank saßen, sagte, daß sie ihn mit großer, großer Freude zum Manne nehme, legte er heimlich, ehe er fort ging, ein

Geschenk auf den Tisch, das er schon mehrere Tage mit sich in der Tasche herum getragen hatte.

Es war ein Halsband mit sechs Reihen der erlesensten Perlen, welche schon durch viele Alter her ein Schmuk der Frauen seines Hauses gewesen waren. Er hatte, da er im Frühlinge kam, das Schmukkästchen mit sich in das Bad genommen, und es lagen noch mannigfaltige andere Sachen darin, die er nur erst fassen und um-ändern lassen mußte, um sie dann seiner Braut als Zierde geben zu können.

Maria kannte den großen Werth dieser Perlen nicht, aber sie hatte eine weibliche Ahnung, daß sie viel werth sein müssen – das Einzige aber wußte sie mit Gewißheit, daß sie ihr, als sie sie einmal um-gethan hatte, unsäglich schön und sanft um den Hals stünden.

Inzwischen waren die Beweise und Belege über alle seine Ver-hältnisse angekommen, und er legte sie dem Vater vor. Auch hatte er in der Zeit sehr schöne Stoffe in das Häuschen geschikt. Maria hatte daraus Kleider verfertigen lassen, aber alle in der Art und in dem Schnitte, wie sie dieselben bisher getragen hatte. Er hatte ihr nichts vorgeschrieben, sondern hatte seine Freude daran, und da sie angezogen war, fuhr er mit ihr in seinem Wagen, vor dem die schö-nen Schimmel her tanzten, durch die belebteste Straße des Badeor-tes.

Alle Leute erstaunten auf das Aeußerste; denn man erfuhr nun den Zusammenhang der Dinge, namentlich da Tiburius vor Kur-zem eine größere, schön eingerichtete Wohnung gemiethet hatte. Kein einziger Mensch hatte die leiseste Ahnung davon gehabt; selbst seine Diener hatten immer geglaubt, er fahre blos um zu zeichnen in den Wald hinaus: indessen hat er sich irgend wo dieses schöne Mädchen aufgelesen, und bringe sie nun als Braut. In alle Häuser, Zimmer und Kammern verbreitete sich das Gerücht. Nicht ein Mal, sondern mehr als hundert Male wurde das altdeutsche Sprichwort gesagt: »Stille Wässer gründen tief,« und mancher lüs-terne, feinkennende, alternde Herr sagte bedeutungsvoll: »Der ab-gefeimte Fuchs wußte schon, wo man sich die schönen Tauben ho-len solle.«

Tiburius hatte indessen, als die gesezlichen Bedingungen erfüllt waren, und als die gesezliche Zeit verflossen war, Maria in seine Wohnung als Gattin eingeführt, und im Spätherbste sahen alle Ba-degäste, die noch da waren, wie er sie in einen schönen wohleinge-

richteten Reisewagen, der vor dem Hause hielt, einhob, und mit ihr
nach Italien davon fuhr.

Er wollte dort den Winter zubringen, allein er blieb dann drei
Jahre auf Reisen durch die verschiedensten Länder, von wo er dann
in das Haus zurükkehrte, das ihm unterdessen in Marias schönem
Vaterlande gebaut worden war. Das väterliche hatte er verkauft.

Wie ist nun Herr Tiburius anders geworden!

Alle seidenen Chinesen sind dahin, die Elenhäute auf Betten und
Lagerstätten sind dahin – er schläft auf bloßem reinem Stroh mit
Linnendeken darüber – alle Fenster stehen offen, ein Luftmeer
strömt aus und ein, er geht zu Hause in eben so losen leinenen
Kleidern, wie sein Freund, der kleine Doctor, der ihm den Rath
wegen dem Bade gegeben hatte, und er verwaltet sein Besizthum
wie ebenfalls der kleine Doctor.

Dieser Doctor, der sich für sein Leben ein Recept gemacht hatte,
hauset nun schon mehrere Jahre in der Nähe von Tiburius, wohin er
alle seine Pflanzen und Glashäuser wegen der bessern Luft und
anderer gedeihlicherer Verhältnisse übergesiedelt hatte. Da ihm die
Sache von Tiburius Heirath zu Ohren gekommen war, soll er unbeschreiblich lustig gelacht haben. Er achtet und liebt seinen Nachbar
ungemein, und obwohl er ihn damals gleich nach kurzer Bekannt-
schaft Tiburius genannt hatte, so thut er es jezt nicht mehr, sondern
sagt immer: »Mein Freund Theodor.«

Auch seine Gattin, die dem Herrn Tiburius zur Zeit seiner Narrheit besonders gram gewesen war, schäzt und achtet ihn jezt bedeutend: Maria aber wird von ihr auf das Herzlichste und Innigste
geliebt, und liebt sie wieder.

Mit dem treuen reinen Verstande, der dem Erdbeermädchen eigen gewesen war, fand sie sich schnell in ihr Verhältniß, daß man
sie in ihm geboren erachtete, und mit ihrer naiven klaren Kraft, dem
Erbtheile des Waldes, ist ihr Hauswesen blank, lachend und heiter
geworden, wie ein Werk aus einem einzigen, schönen und untadel-
haften Guße.

Tiburius ist nicht der erste, der sein Weib aus dem Bauernstande
genommen hatte, aber nicht alle mochten so gut gefahren sein, wie

er. Ich habe selbst Einen gekannt, dem sein Weib alles auf ihren lieben, schönen, ländlichen Körper verschwendete.

Der Vater Marias, weil es ihm in dem leeren Muldenhäuschen zu langweilig geworden war, lebt bei seinen Kindern, wo er in dem Stübchen die Uhr hat, welche sonst in der Stube seines Wohnhauses gehangen war.

So wäre nun bis hieher die Geschichte von dem Waldsteige aus. – Zulezt folgt eine Bitte: Herr Theodor Kneigt möge mir verzeihen, daß ich ihn immer schon wieder Tiburius geheißen habe; Theodor ist mir nicht so geläufig und gegenwärtig, wie der gute liebe Tiburius, der mich damals so furchtbar angeschnaubt hatte, als ich sagte: »Aber Tiburius, du bist ja der gründlichste Narr und Grillenreiter, den es je auf der Erde gegeben hat.«

Habe ich nicht recht gehabt?

*Nachschrift.* In dem Augenblicke, da ich dieses schreibe, geht mir die Nachricht zu, daß der einzige Kummer, das einzige Uebel, der einzige Harm, der die Ehe Marias und Tiburius getrübt hat, gehoben ist – es wurde ihm nehmlich sein erstes Kind, ein lustiger schreiender Knabe, geboren.

## Über tredition

### Eigenes Buch veröffentlichen

tredition wurde 2006 in Hamburg gegründet und hat seither mehrere tausend Buchtitel veröffentlicht. Autoren veröffentlichen in wenigen leichten Schritten gedruckte Bücher, e-Books und audioBooks. tredition hat das Ziel, die beste und fairste Veröffentlichungsmöglichkeit für Autoren zu bieten.

tredition wurde mit der Erkenntnis gegründet, dass nur etwa jedes 200. bei Verlagen eingereichte Manuskript veröffentlicht wird. Dabei hat jedes Buch seinen Markt, also seine Leser. tredition sorgt dafür, dass für jedes Buch die Leserschaft auch erreicht wird.

Im einzigartigen Literatur-Netzwerk von tredition bieten zahlreiche Literatur-Partner (das sind Lektoren, Übersetzer, Hörbuchsprecher und Illustratoren) ihre Dienstleistung an, um Manuskripte zu verbessern oder die Vielfalt zu erhöhen. Autoren vereinbaren direkt mit den Literatur-Partnern die Konditionen ihrer Zusammenarbeit und partizipieren gemeinsam am Erfolg des Buches.

Das gesamte Verlagsprogramm von tredition ist bei allen stationären Buchhandlungen und Online-Buchhändlern wie z. B. Amazon erhältlich. e-Books stehen bei den führenden Online-Portalen (z. B. iBookstore von Apple oder Kindle von Amazon) zum Verkauf.

Einfach leicht ein Buch veröffentlichen: **www.tredition.de**

## Eigene Buchreihe oder eigenen Verlag gründen

Seit 2009 bietet tredition sein Verlagskonzept auch als sogenanntes "White-Label" an. Das bedeutet, dass andere Unternehmen, Institutionen und Personen risikofrei und unkompliziert selbst zum Herausgeber von Büchern und Buchreihen unter eigener Marke werden können. tredition übernimmt dabei das komplette Herstellungs- und Distributionsrisiko.

Zahlreiche Zeitschriften-, Zeitungs- und Buchverlage, Universitäten, Forschungseinrichtungen u.v.m. nutzen diese Dienstleistung von tredition, um unter eigener Marke ohne Risiko Bücher zu verlegen.

Alle Informationen im Internet: **www.tredition.de/fuer-verlage**

tredition wurde mit mehreren Innovationspreisen ausgezeichnet, u. a. mit dem Webfuture Award und dem Innovationspreis der Buch Digitale.

tredition ist Mitglied im Börsenverein des Deutschen Buchhandels.

## Dieses Werk elektronisch lesen

Dieses Werk ist Teil der Gutenberg-DE Edition DVD. Diese enthält das komplette Archiv des Projekt Gutenberg-DE. Die DVD ist im Internet erhältlich auf **http://gutenbergshop.abc.de**